神奇記憶瓶

世界文學名作選

張子樟◎編譯

寓意儁永的37篇美文，
如領受豐富的心靈滋養，讓人生機無限！

編譯者序

人間有愛

　　世間百態起源於愛，只是這個「愛」字沒有統一的標準答案。正因如此，人間免不了悲喜並存，在悲歡離合的現實人生中，都需要不同程度的真愛來安撫，填補無法逃避的種種缺憾。這本短篇選集編選重心，就在於闡明人間真誠無私的愛。

　　不論是什麼樣的標題，本書都是繞著「愛」來呈現真實世界的某一個角落。其中不少絕妙作品來自名家，例如狄更斯、托爾斯泰、都德、毛姆、帕烏斯托夫斯基、左拉、普里什文、霍桑等。他們筆下描繪的多樣世界鋪陳了人們既熟悉又有幾分陌生的人間，明智的讀者必定能從篇篇妙文得到一些寶貴的人生啟示。

　　「多樣化」是本書的特點之一。作家藉荒誕的幻想故事來反映部分真實人生，或陳述戰爭的殘酷來表明自己的反戰態度，都讓大小讀者在震撼之餘，不得不承認他們筆下的世界就是我們當前存活的真實空間。在反思過後，讀者應當能從中得到一些意想不到的美妙啟示。

　　〈阿拉丁神燈〉這篇故事想必讀者不陌生，本書的作者群固然不是憑藉召喚神燈裡的幻想巨人來完成自己的願望，他們純粹是從自己記憶深處去擷取，並追憶過往曾經耳聞目睹的種種往事，或想像未來世界的美好與隱憂，逐步將久藏於自己「神奇記憶瓶」裡的感人肺腑故事汲取出來，用心編織陳述，與我們分享。期望本書亦猶如一個送給讀者的「神奇記憶瓶」，當心靈困頓、徬徨無措時，沉澱片刻、翻閱書本，又能重新獲得感動與力量。

張子樟 於唭哩岸

2018 年 10 月

目錄

長大的滋味

第一瓶香檳酒　〔德國〕柯理德　　　　　　　10

繁星　〔法國〕阿爾豐斯·都德　　　　　　　14

黑駿馬　〔英國〕安娜·塞維爾　　　　　　　23

沙丘上的陌生人　〔美國〕亞瑟·戈登　　　　28

失落在水中的祕密　〔加拿大〕洛·卡里埃　　35

自信心　〔美國〕山姆·F·修利爾　　　　　41

長者的禮物　〔美國〕馬林·湯普森　　　　　48

爺爺的氈靴　〔俄國〕米哈伊爾·普里什文　　54

史特拉第瓦里名琴　〔美國〕保羅·鍾斯　　　60

戰爭與和平

領悟人生

試驗

長大的滋味

什麼是長大？長大是一種小小冒險、小小挑戰，

為著心儀的女孩，努力做個守護她的騎士；

為了美好的夢想，願意一次次的承受挫折；

對世間充滿好奇，渴望認識更多的人事物；

長大，是一種懂事，讓自己敞開心胸，看到更大的世界！

第一瓶香檳酒

〔德國〕 柯理德

　　我愛上十六歲的英格時，正好十七歲。我們是在游泳池裡認識的，不過，我們的友誼只限在冷飲店裡。

　　每當我想英格的時候（我每天要想她上百次），就興奮地等待和她再次見面。但她來到我身邊時，我準備好的所有美麗動人的句子，卻都消失無蹤了。每當我膽怯、拘謹地坐在她身邊時，英格肯定會察覺到我是她的守護者。

　　事情進展順利，直到有一天英格告訴我，她對去冷飲店感到厭煩了，那是小孩子去的地方。她想正正式式地出門，像她姐姐那樣去喝一杯香檳酒。

　　起初我裝著什麼也沒聽見，但我的耳朵裡卻不停地重複著「香檳酒」這幾個字。我僅有的零錢幾乎都花完了。儘管如此，我仍不露聲色，用漫不經心的口氣說道：「香檳酒好呀，那就去喝一杯吧！」我的話似乎在表示，喝這種飲料對我來說很尋常。熱戀中的人，什麼都裝得出來。

　　錢終於存夠了。我帶著愛戀中的人兒來到城裡最好的一間酒吧。這裡的裝潢富麗堂皇，美妙的音樂輕柔地環繞在我們身邊，侍者們悄沒聲息地走動、忙碌著。

　　我們在一張小桌子旁就座後，我不得不全神貫注，以免讓我和英格在大庭廣眾下出醜。我把侍者喚來，壓抑著內心的激動，盡可能用一種不在乎的口吻點了一瓶香檳酒。這位侍者已上了年紀，兩邊鬢角灰白，但有一雙溫暖、親切的眼睛。

　　他默默地彎下腰，認真地重複著我的話：「一瓶香檳酒，趕快！」

　　他是尊重我們的，他的臉上沒有一絲諷刺的笑容。看來我穿上姨媽送給我的西裝、繫上嶄新的紅領帶是正確的。我今年已經十七歲了。英格穿著她姐姐的黑色洋裝，看起來漂亮極了！

　　侍者回來了。他用熟練的動作打開了用一塊雪白的餐巾裹著的酒瓶，然後把冒著珍珠般泡沫的飲料倒進杯子裡，我們彷彿置身在另一個世界裡。

　　「為了我們的愛情乾杯！」我說道，並舉起杯子和英格碰杯。我們喝著香檳酒，喝第二杯時，我撫摸著英格的手，她不再抽回去了；喝第三杯時，她甚至允許我偷偷地

吻她一下。香檳酒散發著誘人的清香，太棒了。可惜，此時酒已喝完了，我們還能再要一瓶嗎？我偷偷地望了一眼酒的價格表，哦，不行了！

「買單，經理，快一點！」我大聲地喊道。還是那個鬢角灰白的侍者來了。他把帳單放在一個銀盤子裡，默默地將帳單挪到桌上。他轉身走後，我拿過帳單來看──「一瓶礦泉水加服務費共 1.1 馬克」，下面還有一行字，「原諒我，孩子。你們尚未成年，不能喝酒。我擅自給你們換了礦泉水。侍者。」

我的英格至今也不知道她喝的第一瓶香檳酒竟然是礦泉水。

| 作者簡介 |

柯里德，德國人，生平不詳。

| 悅讀分享 |

　　故事清楚易懂，說明每位年輕小伙子的「好迷」心情。只因心愛的女孩想去喝杯香檳酒，「我」只好努力存錢，存夠了，兩人坐在酒吧裡準備享用人生的第一杯香檳酒。

　　這對年輕男女跟一般情侶沒有兩樣，倒是那位「上了年紀，兩邊鬢角灰白，但有一雙溫暖、親切的眼睛」的侍者，展現的人生閱歷與智慧使我們讚嘆。他不動聲色，以水代酒，解除了「未成年不能喝酒」的危機。濃烈的人情味讓人叫好。

繁星

〔法國〕 阿爾豐斯·都德

　　在呂貝龍山上牧羊的那些日子裡，我常常一連幾個星期看不到一個人影，孤單地和我的狗拉布里，還有一群羔羊待在牧場裡。有時，蒙德里爾山上的隱士為了採藥，會經過這裡；有時，也可以看到幾個皮埃蒙山區煤礦工人那黝黑的面孔；但是，他們都是一些淳樸的人，長年過著孤獨的生活，已習慣沉默寡言，沒興趣和別人打交道，自然也們對山下村子裡的消息一無所知。因此，每隔十五天，當我們田莊上的騾子為我馱來半個月糧食的時候，我一聽到在上山的路上響起了騾子的鈴鐺聲，看見山坡上慢慢露出那個田莊小夥計機靈的腦袋，或是諾拉德老嫗赭紅色的小帽時，真是開心極了。我總央求他們給我講山下的消息，如誰家做了洗禮、哪家辦婚禮等等；但我最感興趣的還是田莊主人的女兒絲苔法內特，她是方圓十里最漂亮的姑娘。我假裝不經意的打聽她的事，像是她最近有沒有參

加節慶和舞會，是不是又有新的追求者。如果有人問我，像我這樣一個山裡的牧羊人打聽這些事做什麼，我會回答說，我已經二十歲了，絲苔法內特是我這輩子見過最美的好姑娘。

可是，有一個禮拜日，到了田莊該送糧食來的時候，卻遲遲沒看到人來。當天早晨，我想：「今天大概要先忙著到教堂望彌撒吧！」；等到將近中午的時候，下了一場暴雨，我想在這種風雨中，騾子八成還沒上路。等到下午三點鐘的光景，碧空如洗，滿山的水珠映照著陽光，閃閃發亮，在樹叢的滴水聲和山溪暴漲的轟鳴聲中，我終於聽見騾子的鈴鐺聲，它響得那麼歡快，就像復活節的鐘聲一樣。但趕騾子來的人不是那個小夥計，也不是諾拉德老嬸，而是──仔細看清楚了，我的天！竟是我的好姑娘！她親自來了，端端正正地坐在騾背上的柳條筐之間，山上的空氣和暴雨後的清涼，使她臉頰格外紅潤，就像一朵玫瑰。

小夥計生病了，諾拉德老嬸到她孩子家度假去了。漂亮的絲苔法內特一邊從騾背上跳下來，一邊告訴我。她還說，是因為半途迷了路，所以遲到了；但是，瞧她那身節慶的打扮，花色飾帶、亮麗的裙子和蕾絲花邊，哪兒像在荊棘叢中迷路，倒像是被舞會耽擱了呢！啊，多麼嬌美的

姑娘！我一雙眼睛看著她怎麼也不膩，我從來沒有離她這麼近地看過她。冬天時，有幾回趕羊群到平原，我回田莊吃晚飯的時候，見她匆匆地穿過飯廳，從不和僕人說話。她總是打扮得很漂亮，還帶著幾分傲氣。而現在，她就在我面前，只為我而來，這怎麼不叫我飄飄然？

她從籃筐裡取出糧食後，便好奇地打量四周。她把漂亮的裙子輕輕地往上提了提，免得把它弄髒，然後走進圍柵，想看我歇息的地方。稻草床、羊皮毯、掛在牆上的大斗篷、我的牧杖和我的火石槍，這裡的一切都讓她很開心。

「那麼，你就住在這裡囉？可憐的牧羊人，你老是孤單一人，一定很無聊吧！你都做些什麼、想些什麼呢？」

我真想回答：「想你，女主人。」但我又不會撒謊，當下便窘得說不出一句話來。我相信她一定是看出來了，而且這個淘氣鬼還故意要逗我，害我窘得更厲害：

「牧羊人，你的女朋友呢？她是不是有時也上山來看你？……她也許是隻金色的小母羊，要不然就是在山巔上飛來飛去的埃絲泰蕾爾仙女……」

而她自己，她在跟我說話的時候，仰著頭，露出可愛的笑容和匆忙要離去的神情，那才真像是埃絲泰蕾爾下了凡的仙姿呢！

「再見，牧羊人。」

「女主人，祝你路上平安。」

於是，她走了，帶著她的空籃子。

當她在山坡的小路上消失的時候，我彷彿覺得騾子蹄下滾動的小石子，正一顆一顆掉在我的心上。我好久好久聽著它們的響聲，直到太陽西沉，我還像在做夢般地待在那裡，一動也不動，唯恐打破我的美夢。傍晚時分，當山谷的深處開始變成藍色，羊群咩咩叫著回到圍柵的時候，我聽見有人在山坡下叫我，接著就看見我的好姑娘又出現了。但她臉上已沒有剛才歡喜的模樣，她的衣裳都溼了，身子因溼冷和害怕而直打顫，顯然她在山下碰上了大雨後索爾克河的河水暴漲，在渡河時差一點被湍急的河水吞沒。更可怕的是，天色已晚，她無法自己回到田莊了。雖然有一條近路可以返回去，但她一個人是找不到這條路的。而我又不能離開羊群送她下山。她一想到要在山上過夜，就非常苦惱，我只能盡量安慰她：

「在七月份，夜晚很短的，女主人……忍耐一下就過去了。」

我馬上燃起一堆火，讓她暖一暖雙腳，也讓她把被河水浸溼的裙子烘乾。接著，我把牛奶和羊乳酪端到她面前。

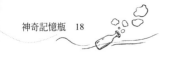

但是這個可憐的小姑娘既不想烤火，也不想吃東西，看她的臉龐流下大顆大顆的淚珠，我自己也想哭了。

夜幕已經低垂。唯有一抹落日餘暉還殘留在山巔之上。我請姑娘進入圍柵休息。我把一張嶄新的羊皮鋪在新鮮的稻草上，向她道晚安以後，就走出來，坐在門口。蒼天爲我作證，雖然愛情的烈火讓我渾身熱血沸騰，但我絕沒有起半點邪念，只有一股崇高的自豪感。我想著：在這圍柵的一隅，在一群好奇地望著她入睡的綿羊中，我們主人的女兒在我的保護下安歇著，就像母羔羊群裡一隻最高貴、最聖潔的小羊；而她睡在那裡，完心信賴我的守護。這麼想著，我內心感到無比的驕傲。我發現，天空從未像今晚這麼深沉，群星從未像此時這麼明亮過……。

突然，圍柵的柵門打開了，美麗的絲苔法內特走出來。她睡不著。羊兒的動作把稻草弄得喇喇作響，牠們作夢時還會發出叫聲，她寧願出來烤烤火。看她來了，我趕緊把自己身上的山羊皮披在她肩上，又把火撥得更旺些。我倆就這樣靠在一起坐著，默默無語。如果你曾經在迷人的星空下過夜，你必會知道，當人們熟睡的時候，在一片靜夜中，另一個神祕的世界將開始活動。溪流的歌唱聲變得更清亮，池塘發出閃閃地微光。山間的精靈輕巧地自在飛舞，

微風傳來種種幽微的聲音，似乎可以聽見枝葉在抽芽、小草在生長。白天，是動物的天地；夜晚，就是植物的世界了。要是一個人不習慣在星空下過夜，會感到挺害怕的。所以我的姑娘一聽見輕微的聲響，就戰慄不已，怕得往我身上靠。一會兒，山下那映著夜色的池塘發出了一聲悠長的哀鳴，那聲音忽高忽低，直向我們傳來。這時，一顆美麗的流星越過我們頭頂，墜往那聲音的來處，彷彿我們剛才聽到的哀鳴還帶著一絲亮光。

「那是什麼？」絲苔法內特輕聲問我。

「女主人，是一個進入天國的靈魂。」我在胸前劃了一個十字。

她也依樣劃了一個十字，抬起頭，凝神了一會兒，對我說：

「牧羊人，大家都說你們這些牧羊人是巫師，這是真的嗎？」

「沒有的事，我的女主人。不過，我們住在這裡離星星比較近，所以對天上發生的事，比山下的人知道得更多。」

她雙手托腮，仰望著星空。看她身上裹著羊皮，就像天上的小牧童。

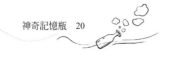

「好多星星喔，好美呀！我從來沒有見過這麼多星星。牧羊人，你知道這些星星的名字嗎？」

「我知道，女主人。你看，在我們頭頂正上方的是『聖雅克之路』（譯注 1），它從法國直通西班牙，那是勇敢的查理曼大帝與薩拉森人作戰時，加利西亞的聖雅克劃出的天道，好為查理曼大帝指明道路。再遠一點，那是『靈魂戰車』（譯注 2）和它四個明亮的車軸。戰車前面的三顆星是三頭牲口，靠近第三顆的那顆小星星是車夫。你看見周圍散落的那一片星星嗎？那是仁慈的上帝不願帶進天國的靈魂……。稍微低一點，那是『耙子星』，或者叫『三王星』（譯注 3），這個星座是我們牧羊人的時鐘，我只要望一望它，就知道現在已經過子夜了。再稍微低一點，一直朝著南方的是『米蘭的約翰』，它特別閃亮，是天體的火炬（譯注 4）。關於這顆星，我們牧羊人流傳一個故事：有一天夜裡，『米蘭的約翰』、『三王星』和『普西涅爾星』（譯注 5）受邀去參加朋友的婚禮。『普西涅爾星』急急忙忙先出發了，『三王星』隨後也上路了，還趕上它；但『米蘭的約翰』是個懶傢伙，它睡得很遲才起來，就落在後頭，它很惱火，為了要阻止那兩個伙伴，就把自己的手杖向它們扔去。所以，『三王星』又稱作『米蘭的約翰的手杖』……。不過，

繁星中最美的一顆，是屬於我們自己的星，那就是『牧羊人之星』。每天清晨，當我們趕出羊群的時候，它為我們照亮；夜晚，當我們返回圍柵時，它又為我們照明。我們還稱它作『瑪凱洛納』。這顆美麗的瑪凱洛納一直跟在『普羅旺斯的波埃爾』（譯注6）的後面，它們每隔七年就結一次婚。」

「怎麼？牧羊人，星星也會結婚嗎？」

「是的，女主人。」

正當我想要再向她解釋星星結婚是怎麼回事時，我感到有某種清新、柔細的東西輕輕地壓在我的肩頭，原來是她因為瞌睡而把頭靠過來了，那頭上的髮帶、蕾絲和波浪似的頭髮還輕柔地挨著我。她就這樣一動也不動，直到天上的繁星一顆顆變淡，在初升的陽光中消失的時候。而我，望著她的睡態，心裡的確有點激動。但是，這個皎潔的夜晚只使我產生一些美好的念頭，我得到了它聖潔的守護。在我們周圍，群星靜靜地繼續趕路，柔順得像一大群綿羊。我不時的想像：在繁星中最秀麗、最燦爛的一顆，因為迷了路，而停落在我的肩頭上睡著了……

譯注：1.銀河名　2.大熊星座　3.獵戶星座　4.天狼星
　　　5.昂宿星團　6.土星

| 作者簡介 |

阿爾豐斯・都德（Alphonse Daudet, 1840-1897），法國普羅旺斯人，傑出的愛國作家。十九世紀下半葉法國現實主義作家。

| 悅讀分享 |

　　這篇作品描寫一個牧羊人愛慕田莊主人的女兒絲苔法內特，但他懷著這沒有希望的戀情，孤獨地待在放牧的高山上。一個偶然的機會，絲苔法內特來到高山上為他送糧食，突遇山洪爆發而不得不在高山牧場上過夜；牧羊人懷著純淨的柔情，自持操守，與自己心目中的仙女度過了一個星光燦爛、充滿詩意的夜晚。

　　在細讀的同時，耳邊響起德國作曲家拉斯特（James Last) 創作、羅馬尼亞排笛演奏家詹斐爾（Gheorghe Zamfir）多年來一再公開表演的名曲〈孤獨的牧羊人〉（The Lonely Shepherd），其中的滄桑悲涼韻味會不會成為文中這位可愛的牧羊人未來人生的寫照？

黑駿馬

〔英國〕　安娜·塞維爾

傑德對馬瞭若指掌。他是一個從小與馬生活、在馬背上長大的人。儘管他賺的錢從來沒有超過十美元，但他有自己的夢想：如果他能夠得到一匹公馬、一匹母馬和十公頃土地，他就可以養馬，並以賣馬為生了。那就是傑德想要的全部幸福。

他一連跟蹤了這匹馬六天。馬兒休息的時候，他也休息。傑德不喜歡他們現在待的地方。這山谷的兩側都很高，到處都是大岩石，周圍沒有多少樹，而且谷底又軟又溼。

兩側的山谷越來越高。臨近黃昏時分，他才又見到了牠。但這次牠的臉上出現了一種恐懼的神情。他停下來仔細觀察，只見馬鼻子在嗅著空氣，牠聞到了危險的氣息。

慢慢地，傑德來到馬的身邊。突然，寂靜被打破了。黑駿馬大聲嘶叫起來，那是一種充滿恐懼的叫喊。隨後，牠沿著溼漉漉的山谷狂奔起來。

　　與此同時，岩石中傳出一種深沉的響聲，緊接著，成噸的溼土和大岩石開始從山坡兩側滾落下來，原來山地本身就是敵人。

　　他慢慢地爬過那些落下來的岩石。馬在這個石土堆的另一邊，看上去比先前更加恐懼。牠的腿陷入軟土裡，動彈不得。牠越掙扎，卻在泥中陷得越深。

　　當他趕到馬身邊的時候，泥土已經淹沒馬的肚子，只剩下頭部還能動彈。摸到馬的時候，傑德感到激動不已，「別亂動，別擔心，馬兒！我會把你弄出來的！」

　　突然，他感到馬的牙齒咬住了他的手臂。他咬住嘴唇，以防自己疼得叫出聲來。他用另一隻手輕撫著馬身，使牠平靜下來，慢慢地讓牠鬆開了嘴。隨後，馬將鼻子貼在傑德的臉上，他們成為朋友了。

　　他開始用手將泥土刨開，但更多的泥土又落進他剛挖開的窟窿裡。

　　於是他跑到那些山上落下的岩石邊，脫下襯衣，用襯衣裝了滿滿的岩石。

　　接著，他把岩石倒進他挖開的窟窿裡，岩石穩穩地撐住了。他來來回回的一次次填補，逐漸形成一面擋土的石壁。他整整挖了一天。夜幕降臨時，他的兩手已經被尖銳

的岩石劃得血淋淋的。

他知道，夜晚對馬來說是很難熬的。整個晚上，他不斷對馬說著溫柔友善的話來解除牠的恐懼。

第二天早上，他抱來草料給牠吃，然後又開始忙著挖岩石。這是一項耗時而又艱苦的工作。到夜幕降臨時，他才在馬兒旁邊躺了下來。

到第三天中午的時候，他已經在馬兒一側的泥裡放進了足夠的岩石。現在他開始挖馬兒前腿附近的土。他放的岩石使泥地益加堅硬，馬開始能動一點兒了。

當馬兒感到壓力變小的時候，便將牠的一條前腿拔了出來，抬到岩石的上面，然後朝身邊的岩石狂蹬，使牠自己的身體能從泥裡稍微抬起來一點。

傑德拿出繩子，繫到馬的脖子上，開始拉繩。

牠將另一條前腿也拔出來了，搭在岩石上，靠著後腿的巨大蹬力和傑德對牠脖子的拉力，馬兒向前面堅硬的土地移動了！

傑德高興又疲憊的倒在地上。他已經三天沒吃東西了，睡的覺也不多。正有點迷迷糊糊的時候，他感到馬的鼻子拱到他的臉上，他趕快一躍而起。當他抱來草料時，馬兒發出了友好的叫聲，頑皮地拱拱他，和他戲耍。

　　一週之後，這匹大黑馬來到湯姆‧拉葛蘭的牧場上。湯姆‧拉葛蘭驚訝的看著這匹馬，眼前的情景簡直令他難以置信。他說：「你得到牠了！」

　　「我得到牠了，湯姆，而且正像我說過的那樣，找把牠騎回來了。」

　　拉葛蘭看著馬。他畢竟是馬主，沒有理由要求傑德告訴他是怎麼逮住馬兒的，傑德疲憊的臉、劃傷的手、骯髒的衣服和瘦弱的身體就已說明了一切。

　　「傑德，」拉葛蘭說，「那匹馬會弄死除你之外的任何人，我不想要牠。但我沒忘記自己的諾言。如果你讓這匹馬一直待在這兒，我就把一些土地和牧場後邊的那棟老房子送給你。如果你讓我把我的母馬送到你的黑駿馬那裡去交配的話，我會每個月付給你三十美元。我希望我的馬的身體裡有黑駿馬的血統。而且，你可以留下交配後產下的小馬中的七分之一。」

　　傑德伸出手臂，抱住大黑馬。黑駿馬成為他的了，他的夢想已經實現。突然之間，他覺得自己得到的真是好多啊！

|作者簡介|

安娜・塞維爾（Anna Sewell, 1820-1878），英國作家。《黑駿馬》是她寫的唯一一本書。她在十四歲時因嚴重摔傷，導致她終身須依靠枴杖行走，但她仍然堅持自己駕馭由一匹矮種馬拉的馬車到處活動。

|悅讀分享|

　　《黑駿馬》是安娜・塞維爾在病榻上完成的一本兒童文學作品，被稱為首部真正的動物小說。由於對人類虐待動物的行為強烈不滿，安娜在身患重病時，動筆寫了這個以馬為敘述者的感人故事，前後共花費六年時間，本文只是其中的片段。小說裡，黑駿馬受過良好訓練，被主人溫柔地對待過，但也見識了人類的殘暴與野蠻，經歷了折磨不斷的苦力生活，最終牠一身疲憊，在漫長的休養後，被好人家收養——這算是不錯的，畢竟不用像自己的同伴那樣，早早死去。安娜的作品只有這一部《黑駿馬》，可說是傾注了她所有的心血。她將馬的遭遇真實呈現出來，能讓大人在閱讀時意識到自己的淺薄與殘忍，讓孩子在閱讀時理解並關心馬，建立與動物做朋友、友好相處的觀念。整體來說，《黑駿馬》適合親子共同閱讀，一起成長。

沙丘上的陌生人

〔美國〕　亞瑟·戈登

　　我記得，那是七月的一個早晨，和往常一樣，盛夏的燥熱還未降臨，一切都是那樣寧靜和明亮。我當時十三歲，皮膚晒得黑黑的，頭髮也蓬鬆凌亂，有點驕傲，也有點孤獨。冬天，我得穿上鞋子像別的孩子一樣去上學。夏天，我就住在海邊，自由自在，恣意幻想。

　　這天早晨，我在村莊上游的一個舊碼頭把小船拴好。在那兒，有時候可以在碧綠的河水中看見身帶斑紋的羊齒魚游來游去。我一動也不動地蹲在河邊，忽然間聽到頭頂上有人說：「你能用魚鉤釣鱷魚嗎？能用繩子壓住牠的舌頭嗎？」

　　我一驚，抬起頭來看見一張清瘦蒼白的臉，還有一雙在我看來極為特殊的眼睛。倒不是眼睛顏色的特殊，而是目光中包含著那麼豐富的情感：溫厚、幽默、關懷、機警，還有「深邃」，我覺得這個詞用來形容這目光是最合適不

過的了。但是用什麼來形容他那似愁非愁的神態呢？

　　他看出我嚇了一跳，就說：「真對不起。大清早就念《聖經》裡的〈約伯記〉是不是太早了點？」他點頭數著船艙裡的兩三條魚，問我：「你可以教我釣魚嗎？」

　　平常，我對陌生人總是存有戒心，但只要是喜歡釣魚的人，那就很難「視同路人」了。我點點頭，他爬進小船。「也許我們應該自我介紹一下，」他說，「不過話又說回來，也許不必。你是個不願意教人的孩子，我是個願意學習的老師，這樣介紹就夠了。我叫你『小朋友』，你就叫我『先生』吧！」

　　我的生活就是陽光、海水，這樣的話聽起來可有點怪。不過這個人很吸引人，笑容可掬，我也就不計較別的了。

　　我遞給他一根手釣線，告訴他怎樣把招潮蟹穿在鉤上作誘餌。羊齒魚吞食誘餌時，他察覺不到，所以他的誘餌總是白白餵了魚。釣不到魚，他好像也不在乎。他告訴我，他在碼頭後面租了幢舊房子：「我需要躲避幾天，不是躲員警什麼的，只是躲避親戚朋友。你可別對別人說看見我了，行嗎？」

　　我很想問問他是哪裡人，他語調清脆，與我聽慣了的喬治亞柔軟腔調不大一樣。但我沒問。既然他說他是教師，

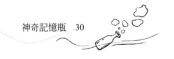

我就問他教什麼課。

他說：「在學校的課程表上，別人把它叫做『英文』，不過我喜歡把它叫做『魔術課』——專門研究語言的奧妙和魔力。你喜歡語文課嗎？」

我說我一向不在那上面費腦筋。我提醒他開始退潮了，水流太急，不能再釣魚。再說也到吃早飯的時候了。

「對，」他收起他的釣線說，「這些天我總是忘了吃飯、忘了時間，」他皺著眉，爬上碼頭，似乎有點吃力，「待會兒你還來河邊嗎？」

「我可能在退潮時來捉蝦。」

「順便來找我吧！我們可以談談語文，然後你可以教我捉蝦。」

我果真又去找他了。一段邂逅相遇的友誼就這樣開始了。直到今天，我也不明白是怎麼回事，也許是因為我第一次結識了一個在感情上相互平等的成年人。在語言和思想上固然他是老師。但是說到海風、潮汐、大海裡無數的小生命，就是我的小天地，在這方面我可比他強多了。

從那以後，我們幾乎天天在一起，聽任海風潮汐的擺布，或者依我一時興起，隨處漫遊。有時，上溯銀波泛泛的溪間，看甲魚在堤岸上跑，看藍鷺亭亭玉立，有時，徜

徉在海邊沙丘之間，周圍長著婀娜的海燕麥，白天有野山羊在那裡吃草，晚上有大海龜爬行。我指給他看鯔魚在什麼地方迴游，比目魚在什麼地方隱藏。我發覺他不能太勞累，甚至起一次錨都累得筋疲力盡。但他從不抱怨，總是滔滔不絕地講話。

他講的話，我多半都忘記了。不過有一部分卻還記得清清楚楚，好像一切都發生在昨天，而不是幾十年前。我們在離岸不遠的地方拋下錨，把魚鉤甩到波浪裡釣海鱸。小船像一隻性急的獵狗，在浪尖上打轉。「節奏，」他說，「生活充滿了節奏；語言也需要節奏。不過你得先訓練自己的耳朵。傾聽靜夜裡的濤聲，你可以體會其中的韻律。看看海風在沙上留下的痕跡，你可以體會到句子裡應有的抑揚頓挫。你懂我的意思嗎？」

我實在不懂，不過內心深處或許有所領悟。反正，我總是靜靜地聽著。

有時候我聽他朗讀他帶來的書：吉卜林和柯南道爾的作品，還有丹尼森的《亞瑟王之歌》。他常常停下來，重讀他自己欣賞的某個警句或者某一行。有一天，他在《亞瑟王之死》裡發現了一句「駿馬悲嘶」，就對我說：「閉上眼睛，再把這句慢慢地念出來。」我照他說的做了。「你有

什麼感覺？」「令人心顫。」我老老實實告訴他。他樂了。

不過他教的魔術並不限於語言。即使一些我司空見慣的東西，他也能使我感到興奮不已。他指著一堆堆的雲問：「你看見了什麼？色彩繽紛？這還不夠，要找尖塔、吊橋；找龍、飛獅、千奇百怪的野獸。」

有時他抓起一隻八爪狂舞的螃蟹，照我教的方法，小心地捉住後腳，說：「假設你自己就是這隻蟹吧，用那麥桿似的眼睛你看到什麼了呢？你這些張牙舞爪的腳觸到的是什麼？你的小腦袋裡想的是什麼？試試看，有五秒鐘就夠了。不要把自己當作男孩，而是一隻蟹！」於是我新奇地凝視著那隻狂怒的螃蟹，覺得受這個怪念頭的影響，本來心安理得的自我也漸漸發生了動搖。

日子就這樣過去了。我們出遊的次數越來越少，因為他動不動就感到累。去碼頭的時候，他搬了兩把椅子和一些書，但並不怎麼讀。他看我釣魚，看海鷗盤旋，看海水打著漩渦流過，似乎就心滿意足了。

突然，我的生活蒙上一層陰影。父母親要我到夏令營去住兩個星期。那天下午，在碼頭上我問我的朋友，等我回來時他會不會還在這裡。他溫和地回答我：「但願還在。」

　　可是他走了。我還記得在舊碼頭，我站在被太陽晒得暖暖的木板上，呆呆地望著那門窗緊閉的舊房子，回憶往日歡樂的舊夢，悵然若失。我跑到傑克遜的雜貨店——那裡的人消息最靈通，去查問那位教書先生究竟去哪裡了。

　　「他病了，病得很重，」傑克遜太太說，「醫生打電話叫他的親戚來把他接回去了。他給你留下點東西，他知道你會找他的。」

　　她遞給我一本書，是一本薄薄的詩集《火焰與陰影》，作者是從未聽說過的莎拉‧蒂絲代爾。有一頁書角折著，上面一首詩的旁邊有個鉛筆做的記號，我現在還保存著這本書，那首詩題名為〈沙丘上〉：

假如人死了生命還存在，

這褐色海灘會理解我的心意。

我將重返，像大海一樣永恆而多姿，

不變的，是大海的絢麗。

如果生命短暫，使我冷漠，

請勿抱怨，我將化作火焰升起。

我已安息，如果你還想念我，

請站在海邊的沙丘，呼喚我的名字。

不過，我從來沒有站在沙丘上呼喚他的名字。固然是我根本不知道他的名字，其次我也太怕羞，並且很長時間裡，我幾乎把他完全忘記了。但是，當我被一個充滿音樂感或有魔力的句子打動的時候，或者當找抓起一隻張牙舞爪的青蟹的時候，或者在金光燦爛的天空看見一條雲龍的時候，我就情不自禁地想起了他。

| 作者簡介 |

亞瑟‧戈登，美國人，生平不詳。

| 悅讀分享 |

　　一個喜愛在海邊閒晃的男孩與一個生病的中年人巧遇，結成奇特的師生緣。關於海洋的一切事，自稱是教師的中年人必須跟男孩請教，語文的種種則是中年人的專長。男孩雖不知對方的名字，但順其自然。兩人相處非常契合，相互交換所長，隨處漫遊。等男孩從夏令營回來，中年人因病重已離去，男孩若有所失。人生中的一次偶遇，男孩只能從中年人送他的詩集中去追憶。淡淡的文字，讀來絲毫不費力氣，但值得深思其中韻味。

失落在水中的祕密

〔加拿大〕洛・卡里埃

　　我上小學以後，父親變得沉默寡言。我醉心於學習拼寫，把它當作一個新遊戲，而父親對此幾乎一竅不通，所以家裡的信都由母親執筆。

　　有一天，他帶我來到一叢枝繁葉茂的灌木前，「你要學會挑選橙木。」父親說。我不明白他的意思。他小心翼翼地撫摸著一根一根的橙木枝條，樣子十分虔誠。

　　「你要挑一根十全十美的，像這根一樣。」

　　我看了看，那根枝條和別的相比，並沒有什麼不同。

　　父親打開折疊小刀，割下那根精心挑選的枝條。他剝掉上面的葉片，露出赤裸的枝椏，那枝椏呈現完美的 Y 字形。

　　「你看，」父親說，「這枝椏有兩條枝杈，現在你用兩手分別握住枝杈，用力擠壓。」

　　我按照他的指示，握住 Y 字形的兩杈。

「閉上眼睛，」父親命令道，「再使點勁……別睜開眼睛！你有感覺到什麼了嗎？」

「枝椏在動！」我驚訝地喊道。

橙木枝在我握緊的手指間扭動，宛如一條受驚的小蛇。父親看出我想扔掉它。

「停住。別動！」

「枝椏在扭動，」我又說一遍，「我聽見一種聲音，像溪流聲。」

「睜開眼。」父親命令。

我猛地一驚，好像在夢中被他喚醒。

「這是怎麼回事？」我問父親。

「這就是說，在我們腳下，有個小小的淡水泉。如果我們挖下去，就能喝到泉水。我剛才是教你怎樣找泉水。這是我父親教我的，你在學校裡學不到這些。再說這本領絕不會沒有用；人不寫字、不算數，照樣能過日子，但要是沒水就不行了。」

很久以後，我才發現父親在這一帶頗有名氣，因為人們說他有一種「天生的才能」。他們打井之前總要請教我父親。他們總是看他閉著眼睛，緊握橙木枝的兩杈，在田野裡或山崗上四處走動，探測水源。父親停在什麼地方，

他們就在那裡做上記號，然後向下挖掘，泉水就會從那裡噴湧出來。

許多年過去了，我念了幾所學校，到過一些國家，生兒育女，撰文著書，而可憐的父親已長眠地下，安息在他多次找到過清泉的地方。

一天，有人著手攝製一部記錄我的村莊和鄉親的影片。我和攝製組的工作人員一起去訪問一位農場主人，以便留下他傷心的形象：他花費畢生精力為子女準備了一份遺產，是當地最好的農場，可是子女卻不願意繼承。在技師們安放攝影機和擴音器的時候，那位農場主人摟住我的肩膀說：「我過去和你父親很熟呢！你腳下有一口井。打井之前我請來農業部門的專家。他們調查了一番，還分析了一鍬泥土，最後寫出報告說我的地裡沒有水。我有一大家子人，有牲口、有莊稼，我需要水啊，看到那些專家什麼都沒找到，我就想起你父親，於是請他來一趟。他走過來，割下一根枝條，然後閉上眼睛在四處轉了一陣。他忽然停下來，注意聽一種我們聽不見的聲音，然後對我說：『你就在這裡挖吧，水多的是，足夠你牲口用，還夠淹死那些專家。』我們挖下去，找到了水，而且是沒有汙染的淨水。」

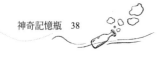

攝製組已做好準備，他們招呼我就位。

「我要給你看一樣東西。」農場主人說。他鑽進一間用來存放雜物的小屋，然後拿著一根樹枝走出來，把樹枝遞給我，說：「我從來不扔東西。我一直保存著你父親幫我找水時割下的橙木枝。我真不明白，它竟然沒有乾枯！」

我撫摸著主人出於一種莫名的虔誠而保存下來的樹枝，心情十分激動，覺得父親就站在我身後看著我。我站在父親發現的泉水之上，緊閉雙眼，等待枝椏扭動。我希望耳邊能響起潺潺的水聲。

橙木枝在我手中紋絲不動，地下的泉水也拒絕歌唱。

在從童年的村莊開展的人生道路上，不知從何時起，我已忘卻了父親教我的本領。

「不要難過，」農場主人說，他肯定是聯想起自己的農場和童年往事，「現在父輩有什麼也難傳給下一代了。」

隨後，他從我手中拿走橙木枝。

| 作者簡介 |

洛·卡里埃，加拿大人，生平不詳。

│悦讀分享│

　　文章開頭寫「我」陶醉於現代文明，但父親對此一竅不通，甚至連寫信都不會，暗示「我」和父親的分歧，為下文作鋪墊。全文按照時間順序記述父親的生平事蹟，歌頌父親的為人，含蓄地批判了現代文明對傳統文化的戕害，提醒人們尊重傳統文化。檀木枝是父親尋找泉水的重要道具，它貫穿全文的始終，對刻畫人物形象、展開故事情節、表達情感都起著十分重要的作用。

　　文章標題「失落在水中的祕密」的「祕密」一語雙關，既指利用檀木枝尋找泉水的絕技，也指這一絕技所包含的文化資訊，即如何理解和對待傳統和現代文明的關係問題。

　　父親對拼寫一竅不通，認為「人不寫字、不算數，照樣能過日子」，提到這些內容的用意是為了顯示父親的「缺點」，展示其與現代文明相矛盾的性格特徵，塑造身懷絕技的民間匠人形象，藉以引發人們對傳統文明與現代文明關係的思考。

　　文中的「我」上過幾所學校，到過一些國家，撰文著書，卻忘記了父親教「我」利用檀木枝找水的本領，提醒讀者要思考幾個方向：一、子女要尊重並珍惜父輩的「絕技」和「遺產」；二、父輩在維持事業的時候也要與時俱進，

緊緊跟上現代文明的步伐，而不能封閉、保守，應盡可能消除兩者之間的代溝或隔閡。同時，父輩在傳承「絕技」時，應該擴大「下一代」的範圍，不能局限於自己的子女，而應該把自己的「絕技」看作是人類共同的財產；三、如何結合傳統文明和現代文明，是文化傳承的重大問題。父親的「天生才能」卓越超凡，但也需要理解其中的科學原理。僅僅局限於父子口手相傳，「絕技」是難以發揚光大的。

自信心

〔美國〕 山姆・F・修利爾

　　有時候，父親的行徑眞是教人驚嚇。他會把一些他毫無所悉的難題攬在身上，而最後，十之八九的事情都會被他解決。當然，完全是運氣使然。

　　「自信心，」他常說，「只要相信自己辦得到，你就一定辦得到。」

　　「任何事情嗎？」我問他，「如果是腦科手術呢？」

　　「哦！別傻了。」父親說，「像那一類的事情是要靠經驗的。」

　　「走開一點，」他對我說，「你擋到電視了。你站在螢幕前，我要我怎麼看摔跤呢？」

　　「別管螢幕了，」我回答，「有一天你的運氣會用完的，到時候，我再看你的『自信心』管不管用。」

　　其實，有時候，我也會試著運用我的自信心。第一次是期末考，我眞的是卯足了勁，因為我大概有一年沒碰過

課本了。我囫圇吞棗地死背課文，剩下的，就都交給「自信心」了，結果我考了全校史上的最低分。我把成績單拿給父親看，然後說，「你的『自信心』只有百分之三十三的作用吧！」

他瞧也不瞧就把它擱在桌上。「你要到一定的年紀才會了解，」他解釋，「那才是『自信心』的關鍵。」

「嗯？那這段時間我要幹什麼呢？」

「也許你應該念點書吧！有些孩子可以學到一些名堂。」

那是我第一次使用「自信心」的經驗。最後一次則是在奧斯丁服飾公司升遷的時候。華德生的經驗比我老道，業績也比我好一些。而我，就靠著我的「自信心」。結果，華德生得到青睞。

你以為這樣就能說服我父親嗎？那是不可能的。一定要給他一些教訓，他才會改觀。後來我父親也到奧斯丁服飾公司上班，要教訓他的機會終於來了。那時候奧斯丁公司要舉辦一次東方櫥窗展示會，一切就緒，正要拉開布幕的時候，展示燈竟然故障了。奧斯丁先生看起來幾乎要昏過去的樣子，他覺得這下子完了，顧客全要跑光了。就在這時，父親出現了。

「發生了什麼事嗎？」他問。

「哦，路易士，」奧斯丁招呼他。他稱父親「路易士」；而我，他最好的售貨員，卻只叫我「喬‧康克林」。我父親只是一個管收銀機的職員，他卻稱他「路易士」。

「這些要命的展示燈壞了。」

「嗯，我看看。」我父親說，「也許我幫得上忙。」

他從口袋掏出一支螺絲起子。奧斯丁先生盯著他。「你真的行嗎？路易士。」

「不！他不行的。」我在一旁保證。「你以為他是愛迪生嗎？」

「年輕人，我是在跟令尊說話，」奧斯丁先生用冷峻的眼光瞪著我。

「沒錯，」父親插嘴道，「喬，注意你的態度。」

他小心地跨進櫥窗裡，把一個電匣打開，然後開始動用起子。

「別碰它！」我叫道，「你會觸電的！」

他碰了，而且沒有觸電。展示燈一下子全亮起來。奧斯丁先生臉上的緊張立刻消除，他微笑著。那天晚上父親再度發表長篇大論，說他的「自信心」再度靈驗了。

「『自信心』？胡扯！」我反駁他，「根本不是那回

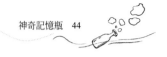

事。」

「走開一點，」父親說，「你擋到我的螢幕了。」

奧斯丁先生的保險箱卡住了，所有員工的薪水都鎖在裡頭。那是月底最後一個週末前夕，眼看著毫無解決問題的希望。這時，父親再度現身。

「出了什麼事呢？」他問。突然，一種奇異的感覺湧現在我心頭，彷彿這件事已經發生過了。

「這個該死的保險櫃，路易士，」奧斯丁先生說，「它卡住了。」

「嗯，讓我瞧瞧。」父親說，「也許我幫得上忙。」

「你真的行嗎？路易士。」奧斯丁先生驚奇的問道。我本想衝口說：不！他不行的。但我忍了下來。如果父親不在乎丟臉，那是他的事。

「奧斯丁先生，」父親說，「保險櫃的號碼是幾號？」奧斯丁先生附過去，在他的耳邊輕聲地說了號碼，他竟然毫不猶豫地就這麼做了。父親對別人總有一股奇特的力量。轉了幾圈之後，他開始扭動保險櫃的門栓。我在心裡說，「等著瞧吧，看我們家的魔術師靈不靈！」我們等了一會兒，什麼事也沒發生。

「鎖頭的鎖桿卡住了，」他最後說，「中心軸不平

衡。」

看吧，他對保險櫃根本一竅不通。

「打電話叫廠商來。」奧斯丁先生命令。每個人都「哦——」地一聲。製造商遠在芝加哥呢！

「奧斯丁先生，等一下。我還沒弄完呢！」父親說。他已經緊緊貼著保險櫃，他把手指摁住開關，輕輕地顫動，非常緩慢地。他幾乎把耳朵貼在保險櫃上，聽著刻號跳動的聲音。我向四周的每個人瞄了一眼，看看是否有人在偷笑。居然沒有一個人在笑！令人無法相信。他們不但沒笑他，甚至還認為他真的能打得開。我的天啊！一大堆男人、女人蹲在那兒，屏氣凝神地期待著保險櫃的門被打開。當他們站起來的時候，保險櫃開了！

那晚，我和父親一起看電視。他聚精會神地看著螢幕，而我的腦海裡卻不停地思索著。

「想說什麼就說啊，」他說，「別擱在心裡嘛！」

「說什麼？」我問。

「說『那只是運氣，你碰巧撞開了保險櫃』……」

「好吧，」我回答，「我會說：『也許是好運，但是也許還有其他的因素。』」然後我描述了當時辦公室裡眾人的表情給他聽，我使用了如「信心」、「信任」和「尊敬」

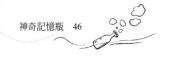

之類的字眼。

「那就是『自信心』的關鍵吧！」我下了這樣的結論，「它不能讓一個怠惰的學生通過期末考，也不能使一個職員比其他表現更好的同事優先得到升遷的機會。『自信心』發揮的關鍵，在於你必須用它來幫助其他的人解決困難。否則，它就不靈了。」

父親只是看著我。我猜測他大概正在想，或許我已經到可以理解一些事情的年紀了。不過，他說的卻不是這個。

「走開一點，」這是他說的，「你擋到螢幕了。你站在電視機前面叫我怎麼看摔跤呢？」

│作者簡介│

山姆‧F‧修利爾，美國人，生平不詳。

┃悅讀分享┃

本文中的「我」只是配角，但它的作用可不少。首先，「我」作爲講述者和見證人，串連起整個故事，推動情節發展。其次，「我」的青澀、退縮，襯托出「父親」的成熟、自信。最後，「我」由質疑到領悟，逐層揭示「自信」的內涵。

文中粗體字的部分頗富意味，具備藝術手法與表達效果。前呼後應，使故事的結構更爲嚴密；相互映襯，表現了「父親」對「我」情感態度的微妙變化；又間隔反復，渲染了濃濃的親情氛圍，增強了文章的喜劇色彩。

「父親」最富有個性的兩句話分別表現了人物的性格特點。「發生了什麼事嗎？」（或「出了什麼事呢？」）表現父親積極主動，關心別人；「也許我幫得上忙。」表現父親樂於助人，勇於嘗試。

細讀全文後，我們對「自信」應有下面的領悟：認識自己是自信的前提；主動嘗試是自信的關鍵；做好準備是自信的基礎；沉著冷靜是自信的保證。

長者的禮物

〔美國〕　馬林·湯普森

　　我十八歲的時候，離開了在美國的家，到英國的里茲大學讀書。入學後不久，我突然接到父親去世的消息，當下難以接受這個事實——在英國這個人生地不熟的地方，我還沒有適應周圍的一切，就要獨自一人默默承受失去親人的痛苦。

　　一天，我在超市買東西的時候，發現一位老者，他一手拎著一袋蘋果，另一手拄著枴杖，步履蹣跚。我趕緊跑過去攙扶他，並幫他拎蘋果。

　　「謝謝你，姑娘。」他說，「不要替我擔心，不礙事。」他對我笑，讓我有一種溫暖的感覺，他不只是用嘴在笑，明亮的藍眼睛裡也漾著笑。

　　「我能陪您走一段嗎？」我問，「免得這些蘋果太快變成蘋果醬。」

　　他聽了哈哈一笑，說：「那就麻煩你了。」

　　老先生說他叫伯恩斯，一路上，他的身子幾乎全要靠那根枴杖支撐。到了他家，我幫他放好東西，並幫他準備了英國特有的下午茶。他沒有堅持拒絕我，並邀我留下來享用。我把這看作是對我幫助他的答謝。

　　我問他以後是否還能再來看望他。他笑著說：「我從來不會拒絕好心姑娘的幫助。」

　　第二天，我還是在那個時間來到他家，幫他做了一些家務，他那根枴杖足以說明他的確需要幫助。他詢問了我的一些情況，我告訴他，我父親剛剛去世，但我沒有說更多的事情。他讓我看了桌子上相框裡的兩張照片，是兩個女人，一個顯然比另一個年長，卻長得非常像。

　　「這是瑪麗」，他指著照片說，「我的老伴，已經去世六年了。那是艾麗絲，我們的女兒，是一名護士。她比她母親去世得還早，對瑪麗打擊真大啊！」

　　我流下了眼淚。我為瑪麗流淚，為艾麗絲流淚，為老而無助的伯恩斯先生流淚，也為我的父親流淚，在他生命最後的時刻，我竟未能親口與他道別。

　　我一週會去看望伯恩斯先生兩次，時間是固定的。我每次來，他都坐在椅子上，一旁的牆上倚著他的枴杖。他對我的到來似乎總是很開心，儘管我對自己說，我是為了

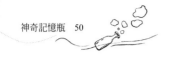

照顧這個老人，但我也因為有一個人願意聽我傾訴自己的想法和感受而感到高興。

我告訴他，在我父親去世前兩週，我曾因一件小事與父親吵架，而我再也沒有機會向他道歉了。

雖然伯恩斯先生也不時插上幾句話，但是大部分時間都是聽我說話。他不只是聽我說話，更像海綿一樣吸收我訴說的每一件事，並用他的經歷應和我的話。

大約一個月後，在一個「非看望日」，我打算去伯恩斯先生家。我沒有預先打電話，因為我認為我們似乎不需要那樣的禮節。走進他家，我發現他正在花園裡工作，手腳麻利，動作輕快。我驚訝萬分，這麼靈活的一個人為什麼要用枴杖？

「哦，姑娘，你來了。這次讓我給你沏一杯茶，你看起來累了。」他說。

「可是，」我結結巴巴地說，「我想……」

「我知道你在想什麼，姑娘。你第一次在超市看到我那天，我扭傷了腳踝。」

「可是，您是什麼時候康復的？」

他眨眨眼睛，看上去既快活又懷著歉意，「我想，我們見面的第二天我的腳就好了。」

「可是，爲什麼呢？」我納悶地問。他顯然不會爲了騙我爲他做下午茶而故意裝出無助的樣子。

「第二天，你又到我家來，從你的話中，我知道你的苦悶。對你父親的死以及其他一些事情，你感到孤獨和沮喪。我想，這個小姑娘需要一個老東西的肩膀依靠一下。但是我發現，你讓自己相信，你來看望我是爲了照顧我，而不是爲了你自己。如果你知道我其實非常健康，你還會再來看我嗎？我想，你需要對人訴說，對一個年長的甚至比你父親還年長的人訴說。」

「那這根枴杖呢？」

「哦，這的確是一根好枴杖，一般情況下，我用它郊遊和爬山。也許什麼時候你願意與我一起去。」

不久，我們一起去爬了山。伯恩斯先生，一個我打算去幫助的人，幫助了我，他送給我一份用時間精心包裝的禮物。

|作者簡介|

馬林・湯普森，美國人，生平不詳。

悅讀分享

　　文中的長者伯恩斯先生把他的慈愛和耐心作為「禮物」，並用時間精心將「禮物」包裝好，送給了一個主動尋求這份「禮物」的年輕姑娘。「他的身子幾乎全要靠那根枴杖支撐」突出伯恩斯先生生活的不便，引出下文「我」定時到他家「幫助」他的情節。文章一開始就提到「我」要獨自一人默默承受失去親人的痛苦，目的在為寫老者的「禮物」內容做了鋪墊，彰顯「禮物」的可貴。

　　文中多次提到伯恩斯的枴杖，來推動故事情節的發展。先是寫「一位老者一手拎著一袋蘋果，一手拄著一根枴杖」，老人行動不便觸發了「我」的惻隱之心，引出下文「我」幫助老人並把他送回家等情節。其次，借用枴杖表現人物性格：「我每次來，他都坐在椅子上，一旁的牆上靠著他的枴杖」，表現老者慈愛、心細，想幫助「我」擺脫孤獨、悲傷，卻又故意不讓「我」察覺。枴杖也是全文的線索：「我」看到老人拄著枴杖，出於同情便送他回家；後來老人巧妙借助枴杖為「我」創造「幫助」他的機會；最後「我」發現老人沒有用枴杖，從而明白了他的良苦用心。

伯恩斯先生告訴我們，幫助別人要講究藝術，注意別人的感受，在不張揚的付出中，使別人受益。而「我」本是出於善心，幫助老人，卻意外地從老人那裡收到珍貴的「禮物」。

爺爺的氈靴

〔俄國〕米哈伊爾・普里什文

　　我記得很清楚，爺爺那雙氈靴已經穿十多個年頭了。而在我出生之前他還穿了多少年，就不知道了。有好多次，他會忽然看看自己的腳說：「氈靴又穿破啦，得補個底啦！」於是他去市集買來一小片毛氈，剪成靴底，不一會兒氈靴又能穿了，跟嶄新的一般。好幾個年頭就這麼過去了，我不禁思忖著：世間萬物都有盡時，一切都會消亡，唯獨爺爺的氈靴永世長存。

　　不料，爺爺的一雙腿患了病，痠痛得厲害。爺爺從沒生過病，現在卻痛得呻吟起來，甚至還請了醫生。

　　「你這是冷水引起的，」醫生說，「你應該停止打魚。」

　　「我全靠打魚維生呀，」爺爺回答道，「腳不沾水我可辦不到。」

　　「不沾水不行嗎？」醫士給他出了個主意，「那就在

下水的時候把氈靴穿上吧！」

這個主意可幫了爺爺的大忙，這下腿不痛了，從此以後爺爺定要穿上氈靴才下河，靴子當然就長時間地在水底的石子上打磨。這一來氈靴可損壞得厲害了，不光是靴底，就連靴底往上拐彎兒的地方，全都出現了裂紋。

我心想：世上萬物總有個盡頭，氈靴也不可能給爺爺用個沒完沒了。這下它快完啦！

人們紛紛指著氈靴對爺爺說：「老爺子，也該讓你的氈靴退休啦，送給烏鴉造窩兒吧！」

才不是那麼回事呢！爺爺為了不讓雪鑽進裂縫，把氈靴往水裡浸了浸，再往冰天雪地裡一放。大冷的天，氈靴縫裡的水一下子就結凍了，冰把裂縫封得牢牢的。接著爺爺又把氈靴往水裡浸了一遍，結果整個氈靴表面全蒙了一層冰。瞧吧，這下子氈靴變得可結實了。我親自穿過爺爺的那雙氈靴，在一片多天不封凍的水草灘裡來回淌，毫無問題。於是我重又產生了那種想法：說不定，爺爺的氈靴就是永遠不會完結的一天。

但是有一次，爺爺生了病，他非得出去上廁所不可，就在門道裡穿上氈靴。但他回來的時候，忘了脫在門道讓它晾著，而是穿著冰凍的氈靴爬到了燙燙的爐臺上。當然，

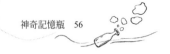

糟糕的並不是氈靴化出的水從爐臺上流下來淌進牛奶桶裡——這算啥！

倒楣的是，那雙長生不老的氈靴這回可就壽終正寢啦！要知道，如果把瓶子裝上水放到冰天雪地裡，水就會變成冰，冰一脹，瓶子就會炸開。氈靴縫子裡的冰當然也一樣，這時已經把氈毛脹得鬆散開來，冰一消融，毛也全成了渣兒。我那爺爺可真倔，病剛好，又試著把氈靴凍了一次，甚至還穿了一陣子。可是不久春天就到了，放在門道裡的氈靴裂了開來，一下子散成了一攤。

爺爺懊惱地說：「唉，是該讓它在烏鴉窩裡歇息的時候啦！」他一氣之下，提起一隻氈靴，從高高的河岸上扔到一堆牛蒡草裡，當時我正在那兒抓金翅雀之類的鳥兒。「幹嗎只把氈靴給烏鴉呢？」我說，「不管什麼鳥兒，春天都喜歡往窩裡叼些毛啊草的。」

我問這話的時候，他正揮動另一隻氈靴準備扔。「真的，」爺爺表示同意，「不只是鳥兒造窩需要毛，就是野獸啦、耗子啦、松鼠啦，也都是。」爺爺想起了我們認識的一位獵人，記得那人曾經向他提過氈靴的事，說可以給他當填藥塞兒。結果第二隻氈靴就沒扔，他叫我送給那位獵人。

　　轉眼間，鳥兒活動的時節到了。各種各樣的春禽紛紛
落到河邊的牛蒡草上，牠們啄食牛蒡尖的時候，發現了爺
爺的氈靴。等到造窩時，牠們從早到晚全來剝啄這只氈靴，
把它啄成了碎片。一星期左右，整只氈靴竟給鳥兒們一片
片全叼去築了窩，然後各自產卵、孵化，接著聽到雛鳥喞
啾。在氈靴的溫馨之中，鳥兒們出生、成長；寒天即將到
來時，成群結隊地飛往暖和的地方。春日它們又都重新歸
來，在各自樹穴中的舊巢裡，還會再次覓得爺爺那只氈靴
的殘餘。那些築在地上和樹枝上的巢窠同樣不會消逝：枝
頭的散落到地面，小耗子又會在地上發現它們，將氈靴的
殘毛搬進自己地下的窩中。

　　我一生中經常在莽林間漫遊，每當有緣覓得一處以氈
毛鋪襯的小小鳥巢時，總要像兒時那般思忖著：「世間萬
物終有盡時，一切都會消亡，唯獨爺爺的氈靴永世長存。」

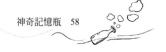

| 作者簡介 |

米哈伊爾·普里什文（Mikhail Prishvin, 1873-1954），二十世紀蘇聯文學史上極具特色的人物。世紀之初，他是個懷有強烈宇宙感的詩人，他以富有詩意的文字描寫了鳥獸之語、樹木對話、草蟲之音，俄國文壇稱他為大自然的詩人與文人。

| 悅讀分享 |

　　作者採用第一人稱敘述故事，增強故事的眞實性。「我」既是故事的敘述者，也是故事的參與者、見證人，故事更顯眞實可信。由於採用第一人稱，使「我」對爺爺的氈靴的描述、議論、抒情得以運用自如，從而引導讀者更深的領悟爺爺的優秀品格。

　　「爺爺」的性格特點：他是一位普通的漁民，但具有許多高尚的品格。他很儉樸，一雙氈靴他穿了十多個年頭，修修補補，總是捨不得扔掉；他也勤勞，儘管年事已高、雙腿痠疼，但仍然堅持捕魚；他很有愛心，讓自己的一隻氈靴成為鳥窩，溫暖動物；他重視友情，將另一隻破氈靴送給自己的獵人朋友。

　　故事以「氈靴」為依託，記述爺爺的生活片段，表現爺爺的優秀品格以及對自己的影響，選材時間跨度較大，卻無結構鬆散之感。文中寫「爺爺的氈靴」給鳥兒們一片片全叼去築了窩，在窩裡產卵、孵化，雛鳥啁啾的情景，意在表現「爺爺」將溫情施與禽類的善良。最後以「世間萬物終有盡時，一切都會消亡，唯獨爺爺的氈靴永世長存」作結，表達了作者對爺爺的讚揚和思念之情。

　　「爺爺的氈靴」是作者行文的線索，貫穿故事的始終，使結構趨於嚴謹。「爺爺的氈靴」是表現人物性格的道具，借氈靴表現爺爺的純樸、勤勞、善良的品格；同時也是抒情的需要，借氈靴表達對爺爺生活片段的追憶以及對其品格的讚揚。

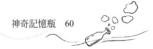

史特拉第瓦里名琴

〔美國〕　保羅・鍾斯

　　在我的一生當中，麥克舅舅的那把小提琴一直被視爲傳家的珍寶，在我離家求學之前如此，甚至在那次之後，它的地位也從來沒有改變。大部分的家族都有諸如此類的「傳家之寶」，一把劍、一幅畫或者是一個人形杯。不論是什麼，它都是這個家的象徵。只要它存在一天，這個家就有了維繫的力量。我最早的記憶是麥克舅舅第一次讓我親睹小提琴的時候。他掀開破舊的黑盒子，那把提琴躺在華麗耀眼的綠色天鵝絨裡。

　　「現在，你可以說眞正看過一把名琴了。」

　　他嚴肅地說，並且讓我從提琴兩側「f」形的洞中，看到裡面已經褪色的標記──「克雷莫納，安東尼奧・史特拉第瓦里」（譯注）。

　　「這是一把極好的樂器。」

　　他說著，同時把提琴放在頰下，演奏了一小段蓋利・

歐文的作品，然後又把它放回琴盒裡。飯廳裡有一個放瓷器的小櫥子，上面正是那把小提琴的安身之處。事實上，麥克舅舅不算是什麼音樂家，而是水利局的職員，一位鄉里間廣受尊敬的、沉默的長者。他很少演奏，只有在愛爾蘭人節慶跳舞的那幾天，才得以見識。舅舅其實沒有音樂天分，他也有自知之明。是他的父親把小提琴傳給了他。當然了，他父親自然又得自他祖父之手。往上追溯，可以推到最早把小提琴從義大利帶來科克的老祖宗。麥克舅舅的妹妹，也就是我的母親，是一個了不起的女人，不過她總喜歡把事情往最壞的地方打算。她常說，對於苦難的遭遇，她見識過太多了。然而這些話並沒有發生太大的作用，因為我父親，相反的，一向非常樂觀。正因為如此，家裡一直有兩股互相平衡的力量。父親是一個糕餅師傅，一個非常優秀、刻苦勤奮的德裔美國麵包師。他孜孜不倦地工作，一直到自己擁有一家麵包店；等他有了自己的店面以後，往往又想把事業朝更大的地方去擴展。這件事一直困擾著我母親。她老是擔憂父親那些遠大的創業計畫，會導致我們傾家蕩產、負債累累。在她的眼中，向別人借一毛錢不但是一種恥辱，甚至是一種很可怕的事。

　　父親最大的冒險是在亞撒斯街開店的那一次。房子前

半規劃成別致的麵包店，後半裝潢上鏡子、大理石臺桌和大型吊扇以後，闢為冰淇淋店。在描述這個計畫的時候，我父親口沫橫飛，興致勃勃。但是一看到母親那張愈拉愈長的臉，他的熱情就冷卻了一半。

「我跟你說，瑪麗，根本沒什麼風險，」父親說，「只不過是在貸款契約上簽個字而已！」

「要貸款多少？」

「三千塊。如果順利的話，兩年之內我可以還清。我跟你說，那個地方真是一座金礦啊！」

「但是，萬一房子被抵押了，」母親哭喪著臉說，「我們會流落街頭，變成乞丐啊！查理。」

那天我們很早就吃過晚餐，全家都坐在餐桌旁邊。我在一個角落寫家庭作業，舅舅在左邊看晚報。此時，他取下眼鏡，闔上報紙。

「聽我說，沒有比爭執的雙方各持一理而相持不下更糟糕的事。我想，也許我能解決這個問題。」

他站起來，把瓷櫃上面的小提琴取下來。

「我聽說這個牌子的小提琴可以賣到五千塊錢。把它拿去賣了吧！查理。」

「哦！麥克！」母親說。

「我不能這麼做，麥克。」父親說。

「如果你急著用錢，」舅舅對父親說，「可以在老艾瑞關門之前送過去。」

說完之後，他戴上眼鏡，重新又攤開報紙。我發現他的手微微地在顫抖，可是他的聲音卻十分堅持。

「反正我也老了，拉不動它了。」

於是，父親就挾著那把琴出去了。我們待在原處等候回音。艾瑞的樂器行就在離我家三條街的地方。記得當時我正在解一個習題，一直找不到答案。舅舅繼續看他的報紙。母親則在一旁做她的針線活兒。不久門口傳來父親的腳步聲。他步履輕快，一面還吹著口哨。我們認定現在一切應該都解決了。沒想到，他進來的時候，手裡仍然提著那個琴盒，而他做的第一件事竟是把它放回原處。

「這樣看起來好多了。」他說。

「你沒有把它賣了？」舅舅問道。

「正當我要敲艾瑞的店門的時候，」父親說，「我忽然想到，為什麼我們要賣了它呢？把它放在那上面，就好像一座裡面有五十張百元大鈔的保險櫃一樣。有了它，三千塊錢的貸款對我們就不會構成威脅了，對嗎？瑪麗，萬一我們還不了錢，真的不得已的時候，只要走三條街，

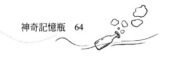

問題就解決了嘛！」母親立刻綻放笑容，「對呀，眞好，查理。」

「這還滿有道理的，」舅舅平心靜氣地說，「如果眞是這樣，我現在決定要正式宣布：在我的遺囑中，小麥克是這把琴的繼承人。即使他仍然對小提琴一竅不通，日後仍可以供做他上大學的費用。」

後來，貸款的償還並沒有發生問題，雖然比父親預定的期限晚了三年。我上高中以後，下午就在店裡幫忙。至於上大學，仍被認爲是理所當然的事。高中畢業那一年的夏天，舅舅過世了，他的小提琴就屬於我了。當時我準備進入工學院就讀，雖然家裡的收入還無法供給我足夠的費用，但櫃子上的琴盒卻使我深信一切都不成問題。

「學校裡應該有工讀的機會吧？」有一個晚上，我們在搓麵團的時候，父親問起。我告訴他，學校的確有提供學生這類的幫助。

「我想那樣最好，」父親說，「我在你寫字檯的抽屜裡放了一個信封，裡面有兩百塊，就擱在領帶底下。這樣你就可以開始你的學業了。你知道的，那把小提琴對你媽有特別的意義。」

他說的沒錯。可是母親更擔心的是我就要赴異地求學

這件事，她也反對我為了工讀而太過勞累。她說過，小提琴是屬於我的，況且麥克舅舅當初的意思也是要用它來供我完成學業。

臨行的前一天，爸媽都在店裡忙著，我拎起小提琴到艾瑞的樂器行。老艾瑞從裡面走出來，眼睛閃著像鷹隼般銳利的光芒。我把琴盒打開，向他展示我的琴。

「這個值多少錢？」

他拿起小提琴，把它靠近厚厚的眼鏡。

「二十五塊到五十塊之間，這要看是什麼人出價。」

「怎麼會呢？它不是一把史特拉第瓦里的名琴嗎？」

「它的確有這麼一個標記。」

他心平氣和地說，「許多小提琴上面都有，可惜都不是真貨。從來就沒有一把真貨！你這把大概有一百年的歷史，可是，請恕我直說，它不是一把頂好的貨色。」

他仔細地瞧著我，然後說，「我曾經看過這把琴。你是不是查理‧安格魯的兒子？」

「是的！」我簡單地回答。

自然，我沒有把它賣掉。我把它帶回家，放在房裡。晚餐的時候——那是我行前最後的一次晚餐了，當母親的眼光瞟到櫃子上的時候，她嚇了一跳。

　　「小提琴！」她用手按著胸口，「你把它賣了？」這時父親的臉上露出一股憂慮的表情。我搖搖頭，「我把它和行李一起擱在樓上，」我回答她，「我想把它擺在學校的寢室裡面，這樣也有個東西好讓我想起家裡啊！」母親聽了便轉憂為喜。

　　「而且，」我接著說，「帶著它，你也可以放心多了。如果我急需要用錢，它就好像一個裝滿鈔票的琴盒，可以派上用場。對嗎？老爹！」

　　「對的！乖兒子，對的！」父親說。他的眼睛卻一直故意瞧著別處。

譯注：克雷莫納（Cremona），義大利城市，以製作小提琴聞名。
　　　安東尼奧・史特拉第瓦里（Antonius Stradivarius），
　　　著名的小提琴製作家族。

| 作者簡介 |

保羅・鍾斯，美國人，生平不詳。

▌悅讀分享▐

　　這是一篇溫馨的家族傳奇故事。

　　作者不動聲色娓娓道來，到故事將結束時才點出，一向被視為價值不菲的傳家之寶小提琴經過樂器行老板鑑定，只值二十五塊到五十塊之間。全家男士都先後做了同樣的行為，但始終沒有說破。最擔心保不住這把傳家之寶的媽媽卻一直被蒙蔽著。男士們似乎有個默契，決定不說出來，這樣就可維繫這美好的傳統。

勝利者

那是真正高竿的人，
不靠力大、不動粗口，只用大腦；
預見危機、明察秋毫、化險為夷；
那智者的形貌，是何等的高大與瀟灑！

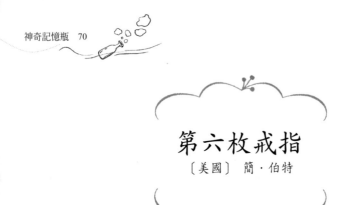

第六枚戒指

〔美國〕 簡·伯特

　　我十七歲那年，好不容易找到一份臨時工作。母親雖然高興我可以負擔家計了，但又為我毛毛躁躁的個性而操心。

　　工作對我們孤女寡母太重要了。我中學畢業後，正趕上大蕭條，一個差事會有幾十、上百個失業者爭奪。多虧母親為我的面試趕做了一件清爽的藍衣裳，才得以被一家珠寶店錄用。

　　我在商店的一樓工作，每天都做得很起勁。第一週，得到領班的稱讚。第二週，我被破例調往樓上。

　　樓上珠寶部是商場的心臟，專營珍寶和高級飾物。整層樓排列著氣派很大的展品櫥窗，還有兩個專供客人選購珠寶的貴賓室。

　　我的職責是管理商品，在經理室外幫忙並接電話，要積極主動、反應快，還要注意防盜。

耶誕節前，工作更加緊張、興奮，但我也憂慮起來，這個旺季結束後我就得離開，回復往昔奔波的日子。然而幸運之神卻來臨了。一天下午，我聽到經理對總管說：「艾艾那個小職員很不錯，我挺喜歡她那個快活勁兒。」

我豎起耳朵聽到總管回答：「是，這姑娘挺不錯，我正有留下她的意思。」

這讓我下班時一路蹦跳著回家。

翌日，我冒雨趕到店裡。距耶誕節只剩下一週的時間，全店人員都繃緊了神經。

我整理戒指時，瞥見那邊櫃檯前站著一個男人，高個頭，白皮膚，約莫三十歲。但他臉上的表情讓我心中一驚，他幾乎就是這不幸年代的貧民縮影。一臉的悲傷、憤怒、惶惑，有如落入了無法自拔的羅網中。合身的法蘭絨服裝已經襤褸不堪，訴說著主人的遭遇。他用一種絕望的眼神，盯著那些寶石。我感到因為同情而湧起的悲傷。但我還牽掛著其他事，很快就把他忘了。

貴賓室打電話來要貨，我伸進櫥窗最裡邊取珠寶。當我急急地挪出來時，衣袖碰落了一個碟子，六枚精美絕倫的鑽石戒指滾落到地上。

總管先生激動地匆匆趕來，但沒有發火。他知道我這

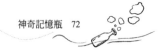

一天有多麼忙，只是說：「快撿起來，放回碟子！」

　　我彎著腰，幾欲淚下地說：「先生，貴賓室還有顧客等著呢。」

　　「去那邊，孩子。你快撿起這些戒指！」

　　我用近乎狂亂的速度撿回五枚戒指，但怎麼也找不到第六枚。我想它八成是滾落到櫥窗的夾縫裡，就過去細細搜尋。沒有！我突然瞥見那個高個子男人正向出口走去。頓時，我領悟到戒指在哪兒了。碟子打翻的瞬間，他正在場！

　　當他的手就要觸及把手時，我叫道：「對不起，先生。」

　　他轉過身來。漫長的一分鐘裡，我們四眼相對。我祈禱著，不管怎樣，讓我挽回我在商店裡的未來吧！跌落戒指是很糟，但終會被忘卻；要是丟掉一枚，那簡直不敢想像！而此刻，我若表現得急躁——即便我判斷正確——也終會使我所有美好的希望化為泡影。

　　「什麼事？」他問。他臉上的肌肉在抽搐。

　　我確信我的命運掌握在他手裡。我能感覺得出他進店裡不是想偷什麼。他也許想得到片刻溫暖和感受一下美好的時光。我深知什麼是苦尋工作而又一無所獲。我還能想像得出這個可憐人是以怎樣的心情看這社會：一些人在購

買奢侈品，而他一家老小卻無以果腹。

「什麼事？」他再次問道。猛地，我知道該怎樣作答了。母親說過，大多數人都是心地善良的。我不認為這個男人會傷害我。我望望窗外，此時大霧彌漫。

「這是我的第一份工作。現在找個事兒很難，是不是？」我說。

他凝視著我良久，漸漸，一絲柔和的微笑浮現在他臉上。「是的，的確如此。」他回答，「但我能肯定，你在這裡會幹得不錯。我可以為你祝福嗎？」

他伸出手與我相握。我低聲地說：「也祝您好運。」他推開店門，消失在濃霧裡。

我慢慢轉過身，將手中的第六枚戒指放回原處。

| 作者簡介 |

簡‧伯特，美國人，生平不詳。

｜悅讀分享｜

　　本文寫的是一位初入職場的年輕人，用自己的善良之心、善良之舉感動了一位尚未泯滅本性的偷竊者，使第六枚戒指失而復得，那出乎意料又切合情理的結尾給我們留下了深深的思考。女主人公對工作的態度、說話的藝術，對即將走入職場的年輕人很有啟示的意義。

　　文中對於「高個子男子」的描寫十分細膩，如「一臉的悲傷、憤怒、惶惑，有如落入了無法自拔的羅網中」這神態的描寫，道出他不幸、悲苦的表情。「合身的法蘭絨服裝已經襤褸不堪，訴說著主人的遭遇」這外貌的描寫，寫出了這高個子男人的貧困，同時反映了美國經濟大蕭條時代的社會現實。「他用一種絕望的眼神，盯著那些寶石」這神態的描寫，表現了男子對寶石的羨慕，渴望得到的心理。

　　「我確信我的命運掌握在他手裡」這句話可以從兩個層面去理解：一是「我」確信是這個男子撿走了弄掉的第六枚戒指，不僅如此，「我」還清醒地知道，他交出戒指「我」的工作就保住了；他如果不交出戒指或者事情鬧大，「我」必定要失去這份工作。然而她運用自己的機智、沉著、善良，以及同情心，幫雙方都找到下臺階。

化險為夷

〔美國〕 愛琳·哈迪

耶誕節前夕，天空白雲密布，最後一批顧客正匆匆忙忙趕回家去，但在南二街上的老鐘錶店內依然燈火通明，滿頭銀髮的店主雷正在調整一個座鐘內的音樂裝置。

八點整，瑞士工匠製造的杜鵑和小舞者從時鐘的小木屋中跳出來，好像對其他幾十座時鐘示意，不能讓「點」無聲無息地過去。頓時，所有的鐘都敲打起來，如同進行「大合奏」。

雷自幼雙耳失聰，他彎著腰在工作檯前幹活，對這一切都無動於衷，一直到他感到西敏寺大鐘的鐘聲所傳來的振動，他才抬頭望向這些時鐘。這些座鐘分別鑲在櫟木、紅木和櫻桃木製的鐘框中，鐘上的羅馬數字和雲形指針閃耀著已逝歲月的尊嚴。

雷沉浸在對往事的回憶中：他童年時住在加州，一位老鐘錶匠先拿一些以簡單的機械裝置驅動的鐘給雷練習修

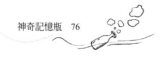

理，然後逐步讓他修理鐵路用鐘、手錶、標準鐘和音樂鐘。

他和同樣是雙耳失聰的愛妻赫滋爾日積月累地收集修理舊鐘所需要的零件，又把這些寶貝從擁擠的居室搬到鬧市的店鋪中。他們兩人工作得非常協調，他修理機械部分，她擦洗鐘框，有時也修整鐘框的表面。

雷幹完了活，站起來朝屋子後方走去，這時他的後頸部突然感到從前門襲來一陣冷風。

他轉過身，準備接待最後一位顧客。但是，一看到是兩個男人時，憑他長期工作訓練的直覺，他知道這兩人不是顧客。他們穿著夾克和牛仔褲。一個看起來三十多歲，另一個約五十歲。年輕人留在店門口，年長的兩眼露著凶光朝櫃檯走來。雷一邊慢吞吞地把記事本和鉛筆推到櫃檯檯面的另一端，一邊盡力不露聲色，抑制著愈來愈強烈的不安情緒。

雷朝那張繃緊著的臉微笑了一下，然後用手指指自己的耳朵，搖搖頭。那人仔細觀察記事本，臉上露出一絲吃驚的神情，然後轉過身去對他的同夥咕噥了幾句。

雷乘機仔細打量那人，特別注意到那人插在上衣右口袋中的手，那隻手正不安地顫抖著，暴露了不良的企圖。他心中充滿憤怒，但內心有個聲音提醒他把怒火壓下去，

那就是「要鎮靜」。於是他在記事本上寫著：「我能幫助你嗎？」那人第一次雙眼正視雷，並微笑了，然而這微笑隱含著嘲諷意味。這時，雷也明白那人為什麼把他的同夥留在門口，看上去這兩個人正準備冒險做一些他們日後會後悔的勾當。

時鐘滴答滴答地響著。雷不慌不忙地又寫了一句：「你是來典當鐘錶的嗎？」接著他指了指放滿掛錶和懷錶的「典當櫃」。雷不是開當鋪的，但是，每當他看到一些人把自己心愛的東西放在他面前要求典當時那種可憐的模樣，就於心不忍的收下了。而當貨主來取回時，這些東西總是原封不動還在雷那裡，並且貨主只需付給雷收貨時的價錢，不必再付利息。

這時年長的那人稍許放鬆了些，把手從口袋裡抽出來，仔細看了一下自己手腕上的錶，在本子上寫：「這隻錶你可以算我多少錢？」

雷看出在他面前的那雙灰眼睛流露出窘迫的神情。那隻錶很普通，不過此時卻擁有巨大的力量──這是討價還價的工具，擺脫困境的出路。雷明白是因為窮途末路，把這兩個人帶到他的店裡，於是他問：「你需要多少錢？」記事本上寫的答覆是：「值多少就給多少。」

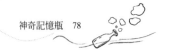

　　雷把手伸進錢箱，拿出一張五十美元的鈔票塞在那人的手中。兩人緊緊地握了一下手，通過這一握手，他們互換了同情和感激。兩人都明白這隻錶不值五十美元。那人在轉身離去前寫道：「一旦我有了錢，我會馬上來贖。祝耶誕節快樂！」

　　這段插曲持續了半個小時，在時鐘的一片讚許中落幕了。全程目睹這一切的時鐘熱情地敲打起來，甚至連雷都覺得他聽見鐘聲了。美妙的鐘聲充滿著希望。在南二街小鐘錶店裡站著的三個人都感受到永恆的祝賀──「願世界永久和平，祝人們幸福」。

| 作者簡介 |

愛琳・哈迪，美國人，生平不詳。

悦讀分享

故事的主角雷從小失聰，但學得一技之長，認真認命的工作，以求溫飽。在耶誕節前夕，他面臨搶劫，卻懂得以自己的生理缺陷放慢事件惡化的速度，讓本來有心鋌而走險、幹下無法挽救的匪徒，懂得煞車，也免除一場可能出人命的搶案。

主角雷的冷靜救了自己和太太的性命。他態度謙和，沒有激怒對方，讓本想犯案的人細細思考，終於拿出不值錢的手錶換了五十元，化危機於無形之中。至於那個人以後會不會拿錢來贖回手錶，已不重要了。畢竟三個人都聽到充滿希望的美妙鐘聲。

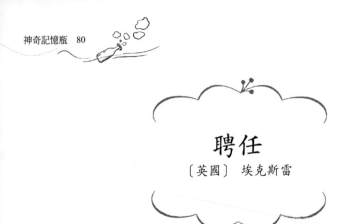

聘任

〔英國〕 埃克斯雷

西奧‧霍迪爾先生身材修長，面龐消瘦，兩鬢斑白。他生性溫和，沉默寡言，而且精力充沛，記憶力驚人，喜歡研究學問，不過對於生活瑣事，就顯得漫不經心了。

坎福特大學需要聘請一名工作人員，上百人要求申請該空缺位置，西奧也遞上了申請書。最後，只有西奧等十五人獲得面試的機會。

坎福特大學位在一個小鎮上，周圍僅有一家旅店，由於住客驟增，單人房間只好兩個人同住了。跟西奧同住的是一位年輕人，叫亞當斯，足足比西奧年輕二十歲。亞當斯看起來自信滿滿，還有一副洪亮的嗓音，旅店裡時常可以聽到他爽朗的笑聲。毫無疑問的，這是一個聰明伶俐的人。

校長及評選小組對所有的候選人進行了一次面試，篩選後只剩下西奧和亞當斯兩人。小組對聘請誰仍猶豫不

決，於是要求他倆在大學禮堂進行一次公開的演講，再作決定。演講題目定爲「古代蘇美人的文明史」，三天後開講。

在這三天裡，西奧寸步不離房間，廢寢忘食，日夜趕寫講稿。至於亞當斯，卻不見有任何作爲，酒吧間裡依舊傳出他的笑聲，每天總是很晚才回來，一邊問西奧的講稿進展情況，一邊敘述自己在撞球場、劇院和音樂廳的開心事。

到了演講那天，大家來到禮堂，西奧和亞當斯分別在臺上就座。直到此時，西奧才驚愕地發現，自己用打字機打好的講稿不知什麼時候不翼而飛了。

校長宣布說，演講按姓名字母排列順序進行。亞當斯首當其衝。情緒頹喪的西奧抬頭注視著亞當斯，只見他神情自若地從口袋裡掏出竊來的講稿，對著在座的教授們口若懸河、振振有詞地講開了。連西奧也暗自承認他確有超凡的口才。亞當斯演講完畢，場內爆出如雷的掌聲。亞當斯鞠了一個躬，臉上露出微笑，回到座位上去。

輪到西奧了，他的一切東西都寫在稿子上面，由於心情不好，要另開思路是不可能的了。他覺得臉上火辣辣的，唯有用低沉疲乏的聲音逐字逐句重複亞當斯剛才振振有詞

的演講內容。等他講完坐下來時，會場上只有零零落落的幾下掌聲。

校長及全體評選小組成員退出會場，去討論該聘任哪位候選人。禮堂內的人彷彿對決定的結果早已心中有數。

亞當斯向西奧探過身來，用手拍了拍他的背，微笑著說道：「厄運呀，老兄。沒辦法，兩者只選其一。」

這時，校長及小組成員回來了。「諸位先生，」校長說，「我們做出了選擇：聘請西奧・霍迪爾先生！」

所有的聽眾都驚得一片譁然。

校長繼續說：「讓我把討論的情況向諸位說明吧！亞當斯先生口才過人，知識淵博，我們大家都深感欽佩，我本人也為之感動。但是，請不要忘了，亞當斯先生是拿著稿子來作演講的。而霍迪爾先生呢，卻憑著記憶力，把前者的演講內容一字不漏地重複了一遍。當然，在這以前，他不可能看過那份講稿的一字一句。我們目前懸缺的這份工作，正需要有這樣天賦的人！」

人們陸續走出會場。校長走到西奧面前，見西奧仍面露驚喜交集、不知所措的樣子，便握著他的手說：「祝賀您，霍迪爾先生。不過我得提醒您一句，日後在咱們這兒工作，可要留神點兒，別把重要的資料到處亂放呀！」

| 作者簡介 |

埃克斯雷，英國人，生平不詳。

| 悅讀分享 |

　　文章通過亞當斯和西奧的求職經歷，揭示了在競爭中應該靠眞才實學取勝，不能投機取巧的道理。文章構思精巧，在情節的發展中對比亞當斯及西奧，結尾出乎意料，又在情理之中。

　　故事開頭介紹西奧的性格特點，在爲後文的情節發展鋪墊。「生性溫和，沉默寡言」，爲後文亞當斯演講他的稿件時，西奧並沒聲張並揭發的情節鋪墊。「記憶力驚人」，爲後文寫其演講時「逐字逐句重複亞當斯剛才的演講內容」以及校長的評價鋪墊。「不過對於生活瑣事，就顯得漫不經心了」，爲後文在演講前丟失稿件的情節鋪墊。

　　故事情節發展到最後，西奧被聘任了，這個結局出乎意料，又在情理之中，體現了作者精巧的構思。這意料之外的結局在全文中有許多暗示。「單人房間只好兩個人同住」，亞當斯有作案的條件；西奧「在三天裡寸步不離房間，廢寢忘食，日夜趕寫講稿」，亞當斯「在撞球場、劇院和音樂廳」，對比著說明亞當斯有作案嫌疑；演講前講

稿突然不翼而飛，西奧「逐字逐句重複亞當斯剛才的演講內容」，暗示亞當斯偷了西奧的演講稿；結尾，校長的話「可要留神點兒，別把重要的資料到處亂放呀」表明這個結局的設置是在情理之中。

多疑症

〔美國〕　埃德‧華萊斯

　　奧特‧蘇里夫人，這位幾乎生了一打孩子的婦人，似乎總不在晴朗的天氣或者白天裡分娩。現在，班森醫生連夜開車又去出診。

　　離蘇里農莊還有一段路。這時，小車前的燈光裡出現了一個沿著公路行走的男性的身影，這使班森醫生感到一陣寬慰，他降低車速，注視著這位吃力地逆風行走的人。

　　車子貼近夜行者的身邊，班森煞住車請他上車。那人鑽進了車裡。

　　「您還要走很遠嗎？」醫生問。

　　「我得一直走到底特律。」那人答道。他非常瘦小，那雙小黑眼被頂頭風吹得盈滿淚水，「能給我一支菸嗎？」

　　班森大夫解開外衣扣子後，記起自己的香菸是放在大衣的外口袋裡，他把菸盒遞給正在自己衣兜裡摸火柴的陌生人。菸點著了，那人拿住菸盒愣神片刻，然後向班森說：

「您不會介意吧？先生，我想再拿一支，待會兒抽。」他晃晃菸盒又取出一支來，不等主人回話。班森大夫感覺到有隻手觸到了他的口袋。

「我把它放回您的衣兜吧！」這個瘦小的傢伙說。班森急忙伸手想接住菸盒，但他不無惱怒地發現，菸盒已經裝在他的衣兜裡了。

片刻之後，班森說：「到底特律？」

「到一家汽車工廠去找份差事做。」

「戰時您在軍隊裡做什麼的？」

「在前線開了四年救護車。」

「是嗎？我就是醫生，我叫班森。」

「這車裡充滿藥味。」那人笑起來了，然後又鄭重地加了一句，「我叫埃文斯。」

沉默。班森注意到那人瘦得像貓一樣的臉頰上，有道深長的疤痕，像是新近才有的。他想起蘇里夫人，便伸手要掏錶，他的手指摸向衣兜的深處，這才發現手錶不見了。

班森醫生慢慢地移動著手，小心翼翼地伸向座位上，摸到那支自動手槍的皮套子。

他緩緩地抽出手槍，借著黑暗把它貼在自己身體的一側。然後疾速煞住車，把槍口對著埃文斯：「把那隻錶放

進我的衣兜！」

那人驚得跳起來，並慌忙舉起手。「上帝！先生……」他囁嚅著。

班森先生的槍口衝著對方頂得更緊了：「把那隻錶放進我的衣兜，否則我要開槍了。」

埃文斯把手伸進了自己的背心口袋，然後顫抖著把錶放進醫生的衣兜。班森醫生用空著的那隻手將錶收好，然後逼迫對方滾下車。

「我今晚出門是為了救一個婦人的性命，我卻還花時間來幫助你！」他怒氣沖沖地對那人說。

班森迅速發動車子，奔向農莊。

蘇里夫人已經有許多次生產的經驗了，所以這次接生孩子沒費多少事兒。

「今晚，路上搭我車的一個傢伙想搶劫我。」他對蘇里夫人說，帶著幾分得意，「他拿了我的錶，但我立刻掏出手槍對準他，他只好把錶還給我。」

「我真高興，他能把錶還給你。不然，還真沒法知道孩子的出生時間。」

「孩子是半小時以前生的。此時此刻是……」他湊近桌前的燈光。

　　他驚奇地盯住自己手中的錶。錶面玻璃有裂痕，錶帶也破了。他把錶翻過來，緊挨著燈。他讀著刻在上面、已磨損的字：

　　「贈給二等兵 T・埃文斯，救護車隊員，1943 年 11 月 3 日晚，在靠近義大利的前線，他一個人勇敢地保護了我們全體的性命。護士內斯比特・鐘斯・溫哥特。」

|作者簡介|

埃德・華萊斯，美國人，生平不詳。

|悅讀分享|

　　這篇作品的結尾是典型的「意料之外」。在情節發展上，結尾出人意料又在情理之中，揭示手錶的眞相，豐富讀者的想像空間，照應前文情節，增強了情節的生動性。其次，在人物塑造上，結尾表現出班森性格上的多疑，給自己造成的巨大心理落差，同時突出埃文斯質樸而勇敢的高潔形象。最後，在表現主題上，結尾深化主題，彰顯了像埃文斯一樣平凡中見偉大的光輝人性，也諷刺了社會上對他人無意間的舉止，甚至善意的舉止，無端衍生出多疑的扭曲心理。

神祕的美

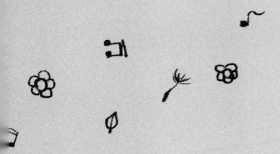

美，是何等神祕！它難以計量，它無須追尋！
只要你釋放感官、啟動心靈，就能發現美！
它在有情人的歌聲裡、它在動人的畫作裡，
它在大自然、在平凡微物中，世間無處不是美！

爲我唱首歌吧

〔英國〕 艾德里安

　　在倫敦兒童醫院這間小小的病房裡，住著我的兒子艾德里安和其他七個孩子。艾德里安年紀最小，只有四歲，最大的是十二歲的弗雷迪，其次是卡洛琳、伊莉莎白、約瑟夫、赫米爾、米麗雅姆和莎麗。

　　這些小病人，除了十歲的伊莉莎白，全是白血病的犧牲品，他們活不了多久了。伊莉莎白天眞可愛，有一雙藍色的大眼睛，一頭閃閃發光的金髮，孩子們都很喜歡她，同時，又對她滿懷眞摯的同情，這是我每天去看望兒子、與他和孩子們的交談中知道的。唉，不幸中的同伴，分享著每一件東西，甚至分享每個孩子父母所帶來的愛。

　　伊莉莎白的耳朵後面做了一次複雜的手術，再過大約一個月，聽力就會完全消失，再也聽不見什麼聲音。伊莉莎白熱愛音樂，喜歡唱歌；她的歌聲圓潤舒緩、婉轉動聽，透露出超凡的音樂天賦，這些使她將要變聾的前景更顯悲

慘。不過，在同伴的面前，她從不唉聲嘆氣，只是偶爾地、當她以爲沒人看見她時，沉默的淚水會漸漸地、漸漸地盈滿雙眼，然後撲簌簌地在蒼白的臉蛋上流下淚痕。

伊莉莎白喜愛音樂勝過一切。她是那麼喜歡聽人唱歌，就像喜歡自己演唱一樣。每當我幫艾德里安鋪好床後，她總是示意我去兒童遊戲室。在那經過一天的活動後，房間裡安安靜靜、空蕩蕩的，她自己在一張寬大的椅子上坐下，讓我坐在她的旁邊，緊緊拉著我的手，聲音顫抖地懇求：「給我唱首歌吧！」

我怎麼忍心拒絕這樣的請求呢？我們面對面坐著，她能夠看見我嘴脣的翕動，我盡可能準確地唱上兩首歌。她呢，著迷似的聽著，臉上透出專注喜悅的神情。我唱完，她就在我的額頭上親吻一下，表示感謝。

小伙伴們都爲伊莉莎白的境況感到不安，他們決定要做一些事情使她快活。在十二歲的弗雷迪領導下，孩子們做出了一個決定，然後一同去見他們認識的朋友希爾達‧柯爾比護士。

最初，柯爾比護士聽了他們的計畫大吃一驚：「你們想爲伊莉莎白的十一歲生日舉行一次音樂會？」她叫了起來，「而且只有三週的時間！你們瘋了嗎？」但她看見孩

子們渴望的神情，不由自主地被感動了，她想了想，補充道：「你們眞是瘋啦！不過，讓我來幫助你們吧！」

　　柯爾比護士抓緊時間履行自己的諾言，她一下班就乘計程車去一所音樂學校，拜訪老朋友瑪麗・約瑟芬修女，她是音樂和唱詩班教師。她們見面簡單地寒暄後，瑪麗問：「柯爾比，你來這裡有什麼事情？」

　　「瑪麗，」柯爾比說，「我問你，讓一群沒有音樂知識的孩子組成一個合唱團，在三週後舉行一場音樂會，這可能嗎？」

　　「可能。」瑪麗的回答是肯定的，「不是也許，而是可能。」

　　「上帝保佑您，瑪麗！」柯爾比護士高興得像孩子似的，「我知道你辦得到。」

　　「請等一下，柯爾比，」被弄得糊里糊塗的瑪麗打斷她的話，「請說清楚一些，也許，我值不上這樣的祝福哩！」

　　二十分鐘後，兩位老朋友在音樂學校的階梯上分別。「上帝保佑你，瑪麗！」柯爾比又重複一遍，「星期三下午三點鐘見。」

　　當伊莉莎白去接受每天的治療時，柯爾比護士把自己

的計畫告訴了弗雷迪和孩子們，弗雷迪詢問：「她叫什麼名字？是叔叔還是阿姨？她怎麼會叫瑪麗‧約瑟芬呢？」

「弗雷迪，她是一個修女，在倫敦最好的音樂學校當老師。她會來教你們唱歌，而且免費。」

「太好啦！」赫爾米開心地叫起來，「我們一定會唱得很棒的。」

事情就這麼決定下來。在瑪麗‧約瑟芬修女嫻熟的指導下，孩子們每天練習唱歌，當然是在伊莉莎白接受治療的時候。只有一個大難題，怎麼把九歲的約瑟夫也安插進合唱團呢？當然不能丟下他不管，可是，他動過手術，再也不能使用聲帶了！

當其他孩子各別安排好在唱歌的位置時，瑪麗注意到約瑟夫正神色悲哀地望著她，便說：「約瑟夫，你過來，坐在我的身邊。我彈鋼琴，你翻樂譜，好嗎？」

一陣近乎驚愕的沉默之後，約瑟夫的兩眼炯炯發光，喜悅的淚水奪眶而出，他匆匆在紙上寫下一行字：「修女阿姨，我不會看譜。」

瑪麗低下頭微笑地看著這個失望的小男孩，向他保證：「約瑟夫，不要擔心，你一定能看譜的。」

真是不可思議，僅僅三週的時間，瑪麗修女和柯爾比

護士就把六個快要死去的孩子組成一個優秀的合唱團，儘管他們中沒有一個具有出色的音樂才能，就連那個既不能唱歌也不能說話的小男孩也信心十足的當個翻譜者。

同樣出色的是，這個祕密的保守也十分成功。在伊莉莎白生日的這天下午，當她被領進醫院的小教堂，坐在一個「寶位」上（一輛手搖車裡），過度的驚奇和激動讓她蒼白而漂亮的面龐漲得緋紅，她身體前傾，聚精會神地聽著。

儘管所有的聽衆──伊莉莎白、十位父母和三位護士──坐在離舞臺僅三米遠的地方，我們仍然難以清楚地看見每個孩子的面孔，因爲被淚水遮住了視線，但是，我們能夠毫不費力地聽見他們的歌唱。在演出開始前，瑪麗告訴孩子們：「你們知道，伊莉莎白的聽力已經非常非常的微弱了，所以你們一定要盡力大聲地唱。」

音樂會獲得了成功。伊莉莎白欣喜若狂，一陣濃濃的、嬌媚的紅暈在她蒼白的臉上閃閃發光，眼裡閃耀出奇異的光彩。她大聲說，這是她最最快樂的生日會！合唱團團員們得意的歡呼起來，又蹦又跳；約瑟夫也眉飛色舞、喜悅異常。我想，我們這些大人流的眼淚更多。

想到這些患不治之症、快要死去的孩子，他們忍受病

痛、與死神決鬥的信念，他們鼓起的勇氣，都使我們的心快要碎了。

這場最令人難忘、最值得紀念的音樂會，沒有印節目表，然而我有生以來從未聽見，也不曾希望會聽見，比這更動人心弦的音樂。即使到了今天，倘若我閉上眼睛，我仍然能夠聽見它那每一個震顫人心的音符。

如今，那六副童稚的歌喉已經靜默多年，那七名合唱隊的成員正在地下長眠，但是我敢保證，那個已經結婚、成了一個金髮碧眼女兒的母親伊莉莎白，在她記憶的耳朵裡，仍然能夠聽見那六個童稚的聲音、歡樂的聲音、生命的聲音、給人力量的聲音，它們是她曾經聽見的最後的聲音。

| 作者簡介 |

艾德里安，英國人，生平不詳。

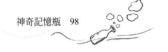

悅讀分享

　　文中七位合唱團成員的情誼，讓人很感動。大家都要走到生命的盡頭了，卻為了自己伙伴的生日，獻出了自己生命幾乎最後的時光，那是一個最令人難忘、最值得紀念的音樂會。是的，也許歌聲並不動聽，但是他們的歌聲卻是最感人的。

　　同樣的，伊莉莎白也很令人感動，她沒有在朋友們的面前流下過一滴眼淚，她非常堅強、不軟弱，勇敢的和疾病鬥爭。

　　這是一首為生命而譜寫的讚美詩。它讓我們體會到，每一個來到世界上的生命，不論它停留的時間多麼短暫，都是一首值得讚美的詩。故事中這些身患絕症，卻仍然快樂地為別人，也為自己的生命而歌唱的天真、善良的心靈，會深深地溫暖故事裡和故事外的每一個人。如果每個人的心裡都有愛，都想著為別人付出，為別人多做一點事情，那他自己也必定快樂了。在生活中，我們應該善於發現生活中的美好，記憶生活中的每一刻幸福，積極樂觀地去面對生活。面對生活中的挫折和不幸，我們要積極樂觀，堅強不屈。人間自有真情在，只要人人都獻出一點愛，世界必將更為美好。

魅力

〔俄國〕 阿爾卡基‧布霍夫

今天是第一次帶卡佳上劇院。

從早上起,她便在屋子裡踱來踱去,頭上別了個天藍色的蝴蝶結,神情是那樣的莊重、嚴肅,父親忍不住想在她那散發著香味和孩子氣息的細頸上給個吻。

「我們走吧。」好不容易等到傍晚六點鐘、天色已暗的時候,她說,「走吧,萬一別人都坐滿,我們就沒地方坐了。」

「劇院位子都是有編號的。」父親微笑著說。

「是對號入座?」

「是的。」

「那別人也快坐好了。」

她的眼神是那樣的焦急,父親不得不在開演前一個小時便帶她出發。

父女倆是最早走進劇場大廳的觀眾。枝形吊燈、鑲著

紅絲絨的包廂座位、若明若暗地閃動著光澤的布幕，使她那顆隱藏在咖啡色外衣下的幼小心臟似乎瞬時停止了跳動。

「我們有票嗎？」她怯生生地問。

「有的，」父親說，「就在這兒，第一排。」

「有座號嗎？」

「有座號。」

「那我們坐下吧。要不然，你又會像上次在公園裡那樣把我弄丟的。你一定會。」

直到戲開演前的一刹那，卡佳還不相信布幕真的會展開來。她覺得，現在所看見的一切足夠她記住一輩子。

燈光熄滅了，觀眾立刻安靜下來，沒有人再把戲單弄得嘩嘩響，也沒有人再咳嗽。幕，開啟了！

「你知道今天演什麼嗎？」父親輕聲問。

「別出聲。」卡佳答道，比父親聲音還要輕，「知道。《湯姆叔叔的小屋》，我讀過這本書。講的是買賣一個黑奴的故事。一個老黑奴。」

從舞臺上飄來一股潮味和寒氣。演員們開始用一種平靜的聲調唸誦著早已膩煩的道白。卡佳抓住座椅的扶手，沉重地喘息著。

「喜歡嗎？」父親慈祥地問。

卡佳沒有吭聲。有必要回答這個多餘的問題嗎？

第一次幕間休息時，她蜷縮在那張大椅子上，不住地輕聲抽泣。

「卡佳，我的寶貝女兒，你怎麼啦？」父親關切地問，「你幹麼哭，傻孩子？」

「他們馬上要賣掉他了。」卡佳噙著眼淚說。

「要賣誰？」

「湯姆叔叔。賣一百塊錢。我知道，我讀過。」

「別哭，卡佳。人家都在看你。這是演戲，演員們演的。我買蛋糕給你吃，好不好？」

「奶油的？」

「奶油的。」

「算了，」她臉色憂鬱地說，「我哭的時候不想吃。」

她愁眉苦臉地坐著，久久不作聲。

「這孩子有點毛病。」鄰座一個禿頭的男人一邊嚼著水果糖，一邊不悅地說。

「這孩子第一次上劇院。」父親悄悄地解釋。

下一幕開始了。湯姆叔叔即將被拍賣。

「現在開始拍賣黑人湯姆。一百塊錢！誰願意給個高

價？」

忽然，像是一股細細的、如怨如訴的水流，從第一排冒出一聲清亮的童音：

「兩百！」

拍賣人放下小木槌，困惑地望向提詞的人。站在左邊最前方，一個原本靜默著的配角「噗哧！」笑出聲，還打了個嗝兒，糗得趕緊從旁邊躲到幕後去。「湯姆叔叔」本人則用雙手蒙住了臉。

「卡佳，卡佳，」父親吃驚地抓住她的手，「你怎麼搞的？卡佳！」

「兩百，兩百塊！」卡佳嚷道，「爸爸，不能把他賣掉！我的好爸爸！」

禿頭的鄰座把戲單往地下一扔，低聲斥道：「我看這孩子是有毛病！」

後幾排的觀眾開始好奇地伸長了脖子。爸爸急忙抱起卡佳往出口走。她緊緊地摟住他的脖子，一張淚汪汪的臉貼在父親的耳朵旁。

「喏，這場戲看得好！」走進休息室時，爸爸生氣地說。他兩頰通紅，十分狼狽，「你這是怎麼啦？」

「湯姆叔叔真可憐。」卡佳輕聲答道，「我不會再這

樣了。」

父親瞥了一眼歪到一邊的蝴蝶結和掛在眼角上的淚珠，嘆了一口氣。

「喝點水吧！你如果願意，我馬上帶你去看看他。想看湯姆叔叔嗎？他正坐在自己的化裝室裡，好好的，並沒有被賣掉。想看嗎？」

「帶我去。我想看。」

觀眾已經吵吵嚷嚷地從表演廳湧向走廊和休息室。大家都笑著在談什麼話題，父親慌忙把卡佳帶到走廊盡頭的一間屋子。

扎波里揚斯基已經用厚厚一層凡士林抹去了臉上的黑顏料。他的臉變得又胖又紅，再加上撲粉，看起來活像一個小丑。

剛才扮演拍賣人的那位叔叔正忙著繫領帶。

「您好，扎波里揚斯基先生。」父親說，「喏，瞧吧，卡佳，這不就是你的湯姆叔叔嗎？好好瞧瞧吧！」

卡佳睜大眼睛，朝著那張滿是撲粉的臉看了又看。

「不對。」她說。

「哦，」扎波里揚斯基呵呵大笑起來，「眞的，我眞的是……要不要我給你表演黃鼠打哨？」

　　不待她回答，他便吹了一聲長長的口哨，但一點也不像黃鼠。

　　「喏，怎麼樣，」剛才的那位「拍賣人」問，「現在可以把他賣掉了吧？」

　　卡佳兩眼的火光熄滅了，她既憂傷，又失望地說：「賣掉吧！」

| 作者簡介 |

阿爾卡基‧布霍夫，俄國人，生平不詳。

| 悅讀分享 |

　　這篇小說的線索分為兩條：暗線是成人自以為是粗暴對待孩子的情感態度，明線是卡佳在戲前、戲中、戲後的情感和心理變化。

　　文章中出現了許多對比，如父親的情緒變化：看戲前的微笑，看戲時的擔憂，看戲後的生氣；卡佳從急切等待到輕聲抽泣、參與拍賣時忘我急迫，來到後臺的失望、憂傷，這是縱向的對比。卡佳的全心投入，禿頭男人的漫不經心，父親的無所適從；演員的平淡膩煩與卡佳的沉重喘息等等，則是橫向對比，其作用在於突出小說主題。孩子

是優秀的，同時也是孤獨的，孩子的世界是成人的我們無法理解的，他們對真善美的感知和單純讓我們汗顏，極大地諷刺了世俗的、自以為是的大人們。

脚色的刻畫主要集中在卡佳身上。她對劇情的發展路線非常熟悉，表情仍然「莊重嚴肅」，幕間為即將進行的拍賣「輕聲抽泣」，戲後為自己大聲嚷嚷道歉，都體現了卡佳的孩子氣。她純真善良。看戲時的投入，明知臺上的表演都是假的和演員們工作敷衍，可她還是「抓住座椅的扶手，沉重地喘息著」，不可過制地為人物的悲歡離合而哭泣、傷心。她感情豐富、富有正義感。她下決心要把「湯姆叔叔」拍下來，給「湯姆叔叔」自由，害怕「湯姆叔叔」被莊園主買走，為此寧願付出一倍以上的價錢。

故事高潮出現在卡佳要用「兩百塊錢」參與拍賣，這充分體現了劇中人物「湯姆叔叔」的人格魅力深深地感染了卡佳，她在文字的魅力與自我內心情感（她自己並不知情）的衝突與渲染的相互影響下，形成了新的理解。卡佳本人的可愛樣子，專心看戲的神情，同情弱者並不願一切去幫助弱者的心思，以及她去後臺看演員的好奇心，這些都在告訴我們，卡佳的可愛與單純就是她的魅力所在，她對故事和人物的理解遠遠超過其他人。

好天氣

〔英國〕　羅奈爾德·鄧肯

天氣寒涼，像慈善事業。東風抽打在臉上，臉像砂紙打磨過似的粗糙。靴子漏水，襪子和泥漿凝結在一起，空蕩蕩的小路似乎連個彎兒也沒有。我拖著疲憊而沉重的腳步尋找走失的母牛，詛咒起當農夫的命。當農夫已經夠慘了，命運還讓我在一片長年累月都是冬天的土地上耕種。我皺著眉頭打量那片黑色的土地，四周樹籬猙獰凌亂，我厭惡地瞪了一眼，覺得整個世界都醜陋無比。平坦無奇的耕地，光禿禿的樹幹，一個個泥潭映照出混濁的天空。在一片寒寂中，唯一發熱的是我心頭的火氣。

「是個好天哪！」有人說了一聲，那愉悅的語調令人生氣。

「是嗎？」我沒好氣地回答，兩眼瞪著這個坐在農舍外的老頭子，「好在哪兒？」

「哪兒都好。」他平靜地說。那老成持重的聲音逼著

我忍不住要反駁了！

　　我回嗆他：「哦，不，天不好。哪兒都不好；整個倒楣的鄉村就像一座救濟院一樣醜陋不堪。只有無知無感的人才會說今天好，或說一月份哪一天的好，或者說整個冬天哪一天的好。說好的人無非是想與別人做了無新意的交談。」

　　說完這些，我的火氣消了一點兒。

　　那老頭子沉默了，我大獲全勝。但我並不為自己的勝利而感到特別驕傲。

　　過了一會兒，老頭子用手指著一排大榆樹的上方，身子卻沒離開長凳。「看到那些榆樹了嗎？」他問。

　　「那些樹看起來像得了癩病。」我隨口答了一句。

　　「你搞錯了，往樹的上方看。」他接著說，「看看那些剽悍的大白馬，看看牠們隨風飄動的鬃毛，還有由雷電驅動的雙翼。」

　　我順著他那不能伸直的手指所指的方向望去。「沒看見什麼馬。」我說。

　　他說：「你看的是地上。朝天上看，刮東風時，雲總是像馬群越過榆樹林，不是嗎？」

　　我又放眼望去。真的，一團白雲在光禿禿的樹枝上，

形成圓頂。那雲團看起來的確像一匹矯健的馬。我還發現馬套在戰車上；不，不是戰車，那是一副由黃金般的光芒構成的犁鏵，是它在灰暗的天空耕出了一道道金燦燦的犁溝。

「太陽應該快要下山了，」那老頭說，「因為我女兒燒水準備沏茶的時候，太陽總是要下山了。」

「是她等著太陽，還是太陽等著她呢？」我問道。

「這無關緊要，」他回答說，「你得承認是個好天，不是嗎？」

「對，」我敷衍道，「前提是你得看得久，看得遠。」

他指著小路旁的水溝繼續說：「看看這兒。看到下水道旁的那些枯葉了嗎？那都是山毛櫸葉子，是從一英里外的樹林飄到這兒的，全都是。難道你沒發現每片葉子腐爛時露出的金黃色是多麼好看嗎？就算擦亮的銅板和它相比，都要黯然失色了；而黃銅比起來，又會顯得太過耀眼。每片葉子都凝聚著太陽全部的紅光，我說的不對嗎？」老頭子抬起頭看著我。「你得承認，美無處不在，無孔不入，無時不有，無刻不在，就連一條臭水溝也不例外。」

我沒有回答。他展示給我看排水口處的一切，深深地吸引著我的目光，我甚至幾乎沒有覺察到他女兒已走出農

舍，並攙扶他站了起來。她把一根白色的棍子放到他猶如老樹的樹皮般的手裡；這時我才發現他的兩眼覆著一層白膜……

「怎麼，您……」

「對，」他說，「我並不比你瞎。只不過是我的眼睛看不見而已。」

|作者簡介|

羅奈爾德・鄧肯，英國人，生平不詳。

▍悅讀分享 ▍

　　文中的「我」是個農夫，由於母牛走失，不得不四處尋找，主要是對身爲農夫的命運不滿。加上天氣不好、道路泥濘難行，因而心情懊惱，覺得整個世界醜陋無比。老頭子主動與「我」搭訕，以天氣爲話題，循循善誘，讓「我」認識到，美是無處不在的，哪怕是一條臭水溝，也蘊藏著美。另外，「我」與老頭子對比鮮明。「我」眼睛明亮，卻只看到世界的醜陋；老頭子眼睛失明，卻能感知美的存在。

　　文末的「我並不比你瞎。只不過是我的眼睛看不見而已」這句話說明瞎與不瞎，不在於眼睛，而在於心靈。老頭子雖然眼睛看不見了，但是心靈卻能感知到無處不在的美。所以老頭子並不瞎。這句話也暗含了對「我」的諷刺和批評。「我」雖然身體健全，眼睛不瞎，心靈卻喪失感知美的能力。從這個意義上說，「我」比失明的老頭子更瞎。同時，這句話也揭示了全篇主旨，啓示我們要保持心靈的明亮，不僅要用眼睛看世界，更要用一種樂觀的心態去感知世界之美。

自然之道

〔美國〕 邁克爾·布魯門撒爾

　　一天傍晚，在加拉巴哥群島最南端的海島上，我和七位旅行者由一位當地的年輕人做嚮導，沿著白色的沙灘前進。當時，我們正在尋找太平洋綠色海龜孵卵的巢穴。

　　小海龜孵出後可長至 330 磅。牠們大多在四五月份時出世，然後拚命地爬向大海，否則就會被空中的捕食者掠去做大餐。

　　黃昏時，如果年幼的海龜們準備逃走，就會先有一隻小海龜鑽出沙面來，作一番偵察，試探一下如果牠的兄弟姐妹們跟著出來是否安全。

　　我恰好碰到了一個很大的、碗形的巢穴。一隻小海龜正把牠灰色的腦袋伸出沙面約有半英寸。當我的伙伴們聚過來時，我們聽到身後的灌木叢中發出瑟瑟的聲響，只見一隻反舌鳥飛了過來。

　　「別作聲，注意看。」當那隻反舌鳥移近小海龜的腦

袋時，我們那位年輕的嚮導提醒說，「牠馬上就要進攻了。」

反舌鳥一步一步地走過巢穴的開口處，開始用嘴啄那小海龜的腦袋，企圖把牠拖到沙灘上面來。

伙伴們一個個緊張得連呼吸聲都加重了。「你們幹麼無動於衷？」一個人喊道。

嚮導伸出一根手指放在嘴唇邊，說：「這是自然之道。」

「我不能坐在這兒看著這種事情發生。」一位和善的洛杉磯人提出了抗議。

「你爲什麼不聽他的？」我替那位嚮導辯護，「我們不應該干預牠們。」

「既然你們不願意，那就看我的吧！」另一個人打算去幫助小海龜。

我們的爭吵聲把那隻反舌鳥給驚跑了。那位嚮導極不情願地把小海龜從洞中拉了出來，幫助牠向大海爬去。

然而，接下來發生的一切，讓我們每個人都驚得瞠目結舌。不單是那隻獲救的小海龜急急忙忙地奔向安全的大海，無數的幼龜由於收到一種錯誤的安全信號，都從巢穴中湧了出來，涉水向那高高的潮頭奔去。

　　我們的所作所為簡直是愚蠢透了！小海龜們不僅由於錯誤的信號而大量地湧出洞穴，而且牠們這種瘋狂的衝刺為時過早，黃昏時仍有餘光，因此，牠們無法躲避空中那些急不可耐的捕食者。

　　剎那間，空中就布滿了驚喜萬分的軍艦鳥、海鵝和海鷗。一對禿鷹瞪大著眼睛降落在海灘上。越來越多的反舌鳥急切地追逐著牠們那在海灘上拚命涉水爬行的「晚餐」。

　　「噢，上帝！」我聽到身後一個人懊悔地叫道，「我們都幹了些什麼！」鳥群對小海龜的屠殺正在激烈地進行著。年輕的嚮導為了彌補這違背自己初衷的惡果，抓起一頂棒球帽，把小海龜裝在帽子裡，費力地走進海水裡，將小海龜放掉，然後拚命地揮動手中的帽子，驅趕那一群又一群的海鳥。

　　屠殺以後，空中滿是劊子手們飽餐後的慶賀聲。那兩隻禿鷹靜靜地立在海灘上，希望能再逮住一隻落伍的小海龜來做食物。

　　此時所能看到的只是潮水衝擊著的、空蕩蕩的白色沙灘。

　　大家垂頭喪氣地沿著沙灘緩緩而行。這幫情感過度氾濫的人此時變得沉默了。這肅靜也許包含著一種沉思。

│作者簡介│

邁克爾‧布魯門撒爾，美國人，生平不詳。

│悅讀分享│

　　文中的「我」和七個同伴及一個嚮導，結隊到南太平洋的加拉巴哥島。在這個海島上，有許多太平洋綠海龜在築巢孵化小龜，大家的目的，就是想實地觀察一下幼龜是怎樣離巢進入大海的。

　　適者生存的「自然之道」，眾人的「過錯」在於保護了那隻出來偵察情況的幼龜。出於本能同情弱小的善意卻反釀成悲劇。嚮導是一個人生閱歷豐富、經驗十足，機智果敢的人。但他在遭到「我們」的非議之後，極不情願地救下那隻偵察幼龜，並用隨之發生的後果給「我們」上了一堂深刻的生存課。

　　大自然的萬物都有它的生存之道。人類應該遵守自然規律，不要自以為聰明的破壞自然環境，不要干涉動物的行為。用人類的思維來調整動物的所作所為，這樣會破壞動物本有的生存之道，效果便有可能適得其反。

獾鼻

〔俄國〕 康斯坦丁·帕烏斯托夫斯基

湖面上黃葉漂積，一大片一大片的，多得無法垂釣。釣線落在葉子上，沉不下去。我們只好坐上老舊的獨木舟，划到湖中心去。那兒的睡蓮已快凋謝，蔚藍色的湖水看去像焦油一樣，黑亮黑亮的。

我們釣起一些河鱸，放在草地上。河鱸不時地抽動著，閃閃發光，有如童話中的日本公雞。我們釣到的還有銀白色的擬鯉、眼睛像兩個小月亮的梅花鱸，以及狗魚。狗魚向我們露出兩排細如鋼針的利牙，碰得咯咯作響。

時值秋天，陽光明媚，也常起霧。穿過光禿禿的林木，可以望見遠處的藍天浮雲。入夜以後，我們在一片樹叢間，仰望著夜空的星光搖曳。

我們在歇腳的地方生了一堆篝火。這篝火得通宵燒著，以免狼群靠近──在遠處的湖岸上，有狼在嗥叫著。篝火的煙味和人的歡笑聲，使牠們不得不警醒。

　　我們相信火光能嚇走野獸。但是有一天晚上，篝火旁邊的草地裡，竟有一隻小獸怒沖沖地發出嗤鼻聲。牠不露身子，焦躁地在我們周圍跑來跑去，碰得草叢簌簌地響。聽那鼻子嗤嗤作響、氣恨恨的，但我們連牠的耳朵也瞧不著。

　　平鍋上正煎著土豆，一股濃香彌漫開來，那野獸顯然是衝著這香味來的。

　　有一個孩子同我們作伴，他只有九歲，但是對於夜宿林中、忍受秋天勁烈的曉寒，倒滿不在乎。他的眼睛比我們大人銳利，一發現什麼就告訴我們。

　　他很擅長編造故事，但我們大人都非常愛聽。我們從不指責他胡說，也不願意拆穿。他每天都能想出些新花樣：一會兒說他聽見了魚兒喁喁私語，一會兒又說看見了螞蟻拿松樹皮和蜘蛛網做成小船去渡溪。

　　我們都假裝相信他的話。

　　我們四周的一切都顯得很不平常：無論是那一輪姍姍來遲、懸掛在黑油油湖面上的清輝朗朗的月亮，還是那一團團高浮空中、宛若粉紅色雪山的雲彩，甚至那已經習以為常、像海濤聲似的參天松樹的喧囂。

　　孩子最先聽見了小獸的嗤鼻聲，就「噓、噓」地警告

我們不要作聲。我們都靜了下來，連大氣也不敢出，但一隻手已不由自主地伸出去拿雙筒獵槍——誰能知道那是一隻什麼野獸啊！

半個鐘頭以後，小獸從草叢中伸出溼漉漉、黑漆漆的鼻子，模樣像豬嘴。那鼻子把空氣聞了老半天，饞得不住顫動。接著尖形的嘴臉從草叢中露了出來，那臉上一雙黑溜溜的眼睛好不銳利。最後斑紋的毛皮也顯現出來了。

那是一隻小獾。牠蜷起一隻爪子，挺身向我們望了望，然後厭惡地嗤一下鼻子，朝土豆跨前一步。

煎鍋上的土豆滋滋發響，滾油四濺。我正要大喝一聲，怕牠燙傷，但我遲了，那獾已縱身跳到平鍋前，把鼻子伸了進去……

一股毛皮燒焦的氣味傳了過來，獾發出一聲尖叫，哀嚎著逃回草叢去。牠邊跑邊叫，聲音響徹整片樹林，一路上碰折好多灌木，而且因為又氣又痛，嘴裡還不時吐著唾沫。

湖裡和樹林裡一片慌亂。青蛙嚇得呱呱怪叫，鳥群也騷動撲飛，還有一條足有一普特（譯注）重的狗魚在湖岸的水中大吼一聲，有如開炮。

次日早晨，孩子叫醒我，說他剛剛看見獾在醫治燙傷

的鼻子。我不相信。

　　我坐在簹火邊，似醒未醒地聽著百鳥清晨的鳴聲。遠處白尾鷸一陣陣啁啾，野鴨嘎嘎呼叫，鶴在長滿苔蘚的乾沼澤上長唳，魚兒潑剌潑剌地擊水，斑鳩咕咕個沒完。我不想走動。

　　孩子拉起我的一隻手。他感到委屈。他要向我證實他沒有撒謊。他叫我去看看獾如何療傷。

　　我勉強同意了。我們小心翼翼地在密林中穿行，只見帚石南草叢間，有一個腐朽的松樹樁。樹樁散發出蘑菇和碘的氣味。

　　在樹樁跟前，那獾背對我們站著。牠在樹樁中心摳出個窟窿，把燙傷的鼻子埋進那潮溼冰涼的爛木屑中。

　　牠一動不動地站著，為著讓倒楣的鼻子涼快一些。另有一隻更小的獾在旁邊跑來跑去，嗤鼻作聲。牠焦急地用鼻子拱拱那隻獾的肚皮，但那獾卻向牠吼了兩聲，還拿毛茸茸的後爪踢牠。

　　後來，我們的獾坐下，哭起來了。牠抬起圓圓的淚眼看我們，發出陣陣呻吟，又用粗糙的舌頭舔鼻子的傷處。牠彷彿懇求我們救牠，但我們愛莫能助。

　　一年以後，我又在這個湖岸遇到鼻子留有傷疤的獾，

牠坐在湖邊，舉起一隻爪子，盡力想捉住振翅飛翔、發出薄鐵皮一樣聲音的蜻蜓。我朝牠揮揮手，但牠氣恨恨地對我嗤了一下鼻子，藏到越橘叢中去。

　　從此我再沒有見到牠了。

譯注：普特是俄國的重量單位。

| 作者簡介 |

康斯坦丁·帕烏斯托夫斯基 (Konstantin Paustovsky, 1892-1968)，俄國作家，其重要作品有《黑海》、《森林的故事》、《一生的故事》等，作品多以自然為主題。1956 年出版的散文集《金薔薇》是一部文學散論集，它以簡潔的敘述和獨到的見解，成為一代人的「文學教科書」。

| 悅讀分享 |

　　無論寫人、寫草木、寫動物、寫大自然，即使是撰寫頗具理論色彩的文學評論，帕烏斯托夫斯基總是透出濃濃的人情味。他的抒情，並非文字建築外貼上去的瓷磚，而是發掘事物本身和人內心的相通之處。〈獾鼻〉就是這樣的文字。林中篝火旁邇近的一隻小獾，在偷食美味時，動

作和神態極為逼真而滑稽，作者仔細刻畫小獾出場的動作次序，由聲音到鼻子、嘴臉、眼睛、毛皮，細微之處準確傳神。非在場者而不可得，作者的關切之情盡在其中。小獾療傷以至哭泣的情景，將作者與小獾的情感交流（也是為作者文字所感染的讀者情感）推向高潮．牠已經被稱為「我們的獾」了，讀者似乎也忘記了這是一隻野生動物，反而更像在欣賞一個頑皮貪嘴、笨拙又聰明的孩子。在獾的故事中，作者頗有深意地安排了一個九歲的孩子，他在森林中的發現總是被大人們看作是虛構和想像，事實證明，孩子是對的。大自然的奧祕是否只向具有童心的人敞開？簡短樸實的文字後面，顯然伏下更多的話語。

　　帕烏斯托夫斯基的作品貫穿著一條主線，即人與大自然的主題。他對大自然的著墨，既多又美。他的心得是：「只有當我們把自然界當作人一樣對待時，只有當我們的精神狀態、我們的愛、我們的喜怒哀樂與自然界完全一致時，只有當我們所愛的那雙明眸中的亮光與早晨清新的空氣合一，我們對往事的沉思與森林有節奏的喧鬧聲渾然一體、難以區別時，自然界才會以其全部的力量作用於我們。」這段話可以作為欣賞〈獾鼻〉的注腳。

盲人教我看東西

〔美國〕 大衛·朗勃尼

　　我們的公司在曼谷。某日，董事長派給我一項臨時任務，他要我第二天出差，陪一位重要的中國商人到泰國北部去觀光。

　　我看著自己已然堆滿公務資料的辦公桌，氣得說不出話來。我已經連續工作好幾個星期了，桌上還有一大疊文件等著處理。我心裡嘀咕：「什麼時候才做得完呢？」

　　第二天一早，我與這位衣著講究、彬彬有禮的客人會合。坐了一小時飛機以後，我們擠在幾百名觀光客之中，遊覽名勝，直到黃昏。

　　那天晚上，我帶著這位中國商人登上一輛小型巴士去吃晚餐，並參觀一場我曾看過多次的表演。他和其他遊客閒聊的時候，我在黑暗中和坐在我前面的男子禮貌地交談起來。

　　他是比利時人，能說流利的英語。我心裡納悶，為什

麼他的頭總是奇怪地側著，而且一動不動，好像正在沉思似的。後來我看到他身旁那根灰色的手杖，才恍然大悟：原來他是個盲人。

這個人告訴我，他十多歲時因為一場意外事件，導致雙目失明。不過他並沒有因此就放棄獨自旅行。他大概六十七八歲了，已經掌握無視覺旅遊的技巧，懂得利用健全的另外四種感官幫助他在心裡勾畫景象。

他轉過臉來對著我，慢慢伸出一隻綿軟的手，輕摸我臉上的五官。我後面有個人扭亮了一盞燈，於是我看到了這人的面容。他有一頭濃密的銀髮，面容清臞，神情堅毅，眼睛深陷。「晚餐時我可以坐在你旁邊嗎？」他問，「假如你肯稍微描述你看到的東西，我會很感激。」

「很樂意效勞。」我回答。

我的客人和他新交的朋友在前面邁步走向餐廳，那盲人和我夾在一長串遊客中間跟隨。我抓住他的手肘引導他，他毫不猶豫地向前跨出腳步，昂頭挺胸，倒好像是他在為我帶路。

我們找到一張靠近舞臺的桌子。等候飲料時，盲人說：「這音樂在我們西方人聽起來似乎不合調，不過確有迷人之處。麻煩你形容一下樂師。」

　　舞臺一側有五個男人在為這場表演作暖場演奏，可是在這之前一直沒注意他們。「他們盤腿坐在那裡，穿寬鬆的棉質白襯衫和寬鬆的黑色長褲，紮紅色的腰帶。三個年輕人，一個中年人，一個老人。有一個人在敲小鼓，另一人在彈一個木製的絃樂器，其餘三個人在用弓拉奏一種像大提琴的小樂器。」

　　他微笑著問：「這些小樂器是用什麼造的？」

　　我再細看了一下，「木頭……不過球形的共鳴箱是用整個椰子殼做的。」我說，同時竭力壓制自己的驚奇。

　　燈光逐漸暗了，他又問：「其他遊客是什麼樣子的？」

　　「什麼膚色和體型的都有。穿得講究的沒幾個人。」我低聲說。我進一步放低聲音並靠近他的耳朵說話，他立刻熱切地把頭朝我靠過來。以前從來沒有人這麼聚精會神地聽我講話。

　　「我們旁邊是位日本老太太，舞臺上的燈光照出了她的部分側影，」我說，「再過去是個大約五歲的北歐男孩，金頭髮，有個可愛的翹鼻子。他身向前傾，在日本老太太的側影下成了第二個輪廓分明的側影。他們兩人都紋風不動，等待表演開始。那是童年和老年、歐洲和亞洲完全和諧的真實寫照。」

　　「對，沒錯，我看見他們了。」他平靜地說，臉上帶著微笑。

　　舞臺後方的帷幕拉開了。六名十三四歲的女孩出場，我描述了她們穿紗籠般的絲裙和附彩色肩帶的白色罩衫，頭上有後冠狀的金色頭飾，頭飾上的尖角是軟的，會隨著她們舞蹈的動作有節奏地晃動。「她們的指尖套著金色的假指甲，也許有十釐米長，」我告訴他，「這些指甲凸顯了她們雙手的每一個優雅動作，有錦上添花的效果。」

　　他微笑著點了點頭：「多麼美妙！我真想摸一摸這些指甲。」

　　第一場表演結束了，我找個藉口走開，去跟戲院經理談話。回來時，我告訴我的新朋友：「他們邀請你去後臺走走。」

　　幾分鐘後，他站在一位舞蹈演員的旁邊。那女孩戴著後冠的頭只勉強到他的胸口。她怯生生地向他伸出雙手，金屬做的假指甲在天花板燈光照射下閃閃發光。他把四倍大的雙手慢慢伸出來抓住她的手，像是兜著兩隻纖小的珍禽。他輕摸假指甲平滑、微彎、尖銳的末端，那女孩站在那裡一動不動，帶著畏懼的表情抬頭凝望著他的臉。我的眼眶已泛淚。

　　夜漸深，我描述得越多，他興奮地點頭越頻繁，我發現的東西也越來越多：舞臺服裝的顏色、式樣和設計；柔和燈光下的皮膚肌理；舞蹈演員配合音樂優雅地晃動頭部時，黑色長髮的飄拂；樂師全神貫注演奏時的表情；甚至女侍應生在昏暗的燈光中綻放的純潔笑容。

　　回到旅館的大廳，我那位中國客人還在和其他遊客閒聊，我的新朋友伸出大手，熱情地抓住我的手。過了一會兒，那隻手慢慢向上移動到我的手肘和肩頭。他的手杖啪噠一聲掉在大理石地板上的時候，許多人好奇地轉過頭來看。他沒有去撿手杖，而是把我朝他拉過去，緊緊地抱住我。「你為我看到了每一樣東西，實在太美妙了，」他低聲對我說，「我感激不盡。」

　　稍後我才領悟：說感謝的應該是我。瞎眼的其實是我。他幫助我掀開了那塊在這個喧鬧紅塵中遮住我們眼睛並迅速擴大的帷幔，讓我看到以前我視而不見、未曾讚賞過的所有美好事物。

　　那次旅行後大約一星期，董事長召我到他的辦公室告訴我說，他接到那位中國大亨的電話，表示對那趟旅遊極滿意。

　　「幹得好，」董事長笑著說，「我早知道你能夠點石

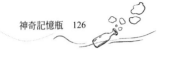

成金。」

　　我不好意思告訴他，被點化的是我。

| 作者簡介 |

大衛‧朗勃尼，美國人，生平不詳。

| 悅讀分享 |

　　這篇文將結束時，作者的兩句話點出全文的重心所在。「說感謝的應該是我」含義是：由於我應盲人的請求，給他描述了他看不見的東西，在描述中我發現的東西也越來越多，讓我看到了以前視而不見的那些美好事物，所以我應該感謝盲人，是他教我學會了如何「看東西」。「瞎眼的其實是我」的含義是：盲人眼睛是瞎的，但他通過自己了解外界的方式，看到了許多我沒有注意到的東西，所以他並不「瞎」。而我雖然眼睛能看見事物，但是卻不會用眼睛觀察外部世界，以至於對許多事物都是熟視無睹，所以瞎眼的其實是我。

　　這兩句話帶給我們的啟示是：生活並不缺少美，而是缺少發現美的眼睛。我們要隨時注意觀察、用心去發現身邊的美好事物，做一個心明眼亮的人。

戰爭與和平

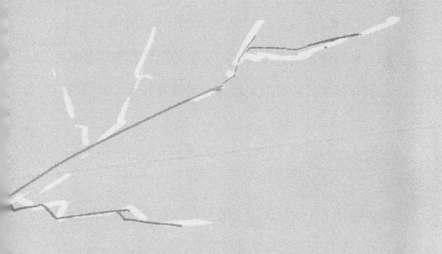

世人皆嚮往和平，世間卻從未和平；

戰爭是政治家的權謀、軍事家的遊戲、蒼生的苦難；

歷史像一面鏡子，終會映照一切的真相；

還予人性的正直、良善與高貴。

神奇記憶瓶

佚名

　　美好的暑假就要結束了，我興高采烈地從海灘跑進臨時租住的避暑寓所，卻發現父親和母親擁著對方，淚眼盈盈。

　　「怎麼了？」我問，心猛烈地跳著。十歲的我從未見父母哭過。

　　「戰爭爆發了。」父親說。雖然我對戰爭只有一點模糊的概念，但是我知道它將永遠改變我們的生活。

　　我在巴黎長大，家裡收藏著許多油畫、古玩和書籍。十四年前，父親從立陶宛來到法國學醫，與念哲學系的母親相遇，於是父親娶了母親，並放棄學業，與姑父一起經營皮貨生意。姑姑的女兒法蘭西絲小我兩歲半，就像是我的親妹妹。

　　姑姑一家和我們住得很近，度假過節總在一起。我特別喜歡燭光節，這是猶太人慶祝兩千年前從敘利亞塞硫古

王朝的希臘人手中奪回耶路撒冷的節日。燭光節象徵著不畏壓迫、忠於信仰。父親說：「我們不能對不起先人，要誠懇地生活，並且給後代做榜樣。」

我們家有一個很古典的九分支銀燭臺，每當燭光節的時候，全家人會圍在父親身旁，看他隆重地點燃中間的主燭。之後每過一晚，我們都要從這支蠟燭引火點燃一支分燭。直到最後一天，把全部八支分燭點亮為止。

對於我和法蘭西絲來說，這些夜晚的高潮是旋轉一只四邊形陀螺。陀螺的每邊都寫著希伯來文：「一次偉大的奇蹟發生在那裡。」看陀螺停在哪個字上來定輸贏。父母一輩的人組成一組，我和法蘭西絲是另一組，贏的總是我們倆。那時，我總是懷著幸福的感覺進入夢鄉。

如今，那些幸福寧靜的日子結束了。第二年春天，德國人開始轟炸巴黎。我們和姑姑一家到距離巴黎一個半小時路程的偏遠農莊避難。不久，德國人占領了法國北部，當地的猶太人終日惶惶不安。

一天，員警就要來大幅搜查了，我們唯一可以藏身的地方是一個沒有窗戶的地窖。下地窖前，父親把我叫到跟前。

「莫蒂兒，我們也許得在下面待很長的一段時間，我

們得想法記住這個世界是多麼特別。」說著，他做出從一個架子上取下瓶子的模樣，「讓我們打開記憶瓶，把最喜歡的風景、氣味和難忘的時刻都裝進去。」

父親讓我赤足走過草地，為的是讓我記住草的感覺。我嗅著各色花朵，然後閉上眼，回味花的芬芳。我們聚精會神地注視著天空，感覺微風的吹拂。「現在，我們把這些放進記憶瓶，蓋好塞子。」他邊說邊假裝蓋瓶蓋，那安詳的微笑給了我希望和力量。

我們在地下室連續待了好幾天，每當我感到絕望時，父親就說：「拔開塞子，取一點記憶出來吧！」有時，我會取出一方藍天，有時是一縷玫瑰的幽香，每次都讓我感到好受些。甚至從地窖出來後，我仍然用記憶瓶來幫助我度過那些黑暗的時刻。

隨著德國納粹迫害愈加變本加厲，我們的處境也越來越危險。唯一的辦法是到西班牙去，聽說那裡能接受猶太難民，但萬一在邊境被抓到的話，就會被驅逐出境。

在我十三歲生日的前一天，我們開了家庭會議。姑父提出冒險出逃，但父親卻猶豫不決。最後，他望著我問：「莫蒂兒，你說呢？」

我生平頭一次應邀參加成年人的表決。「我們必須走，

爸爸，這是唯一的出路。」我相信上帝必然會眷顧我們，庇護我們逃出險境。「好，就這麼定了，走！」父親說。在我們走後兩天，德國人占領了全法國。

我們躲過員警與德軍的耳目，偷偷穿過法國南部。閣樓、地下室、後屋都是我們的藏身之所。終於，我們來到山頂覆蓋著白雪的庇里牛斯山腳下，在這裡父親和姑父把身邊的一半財產分給了兩位嚮導，他們答應帶我們越過山脈，到西班牙去。

「爸爸，我爬不了山。」我對隱約可見的山峰心存畏懼。父親擁著我：「不怕，莫蒂兒，只要邁出一步，就能邁出第二步、第三步。不知不覺，你就成功了。」

嚮導要求我們晚上爬山，白天躲藏起來。

天剛破曉時，我們到達一處高地，兩位嚮導讓我們休息，他們先去前方探路。結果，他們再也沒有回來。

我們待在陌生的山頂上，不知何去何從。

父親說：「我們得靠自己走下去。」我們茫然的在這山脈上摸索前行，卻始終找不到下山的路。天越來越冷，肚子越來越餓。

第二天，只剩下一片麵包。姑姑把這片麵包餵給小尤金吃了。我和法蘭西絲在一旁看著，假裝不在意。

　　第三天晚上，父親忽然失足滑下斜坡。在昏暗的月光下，我看到他掉在三十英尺深的山谷裡。他想爬起來卻辦不到。最後，他喊道：「別管我，你們走吧，我在這裡待一會兒再跟上。」

　　一股莫名的激動促使我決定去陪他。「你一定要站起來。沒有你，我們不走！我來幫你。」

　　父親看著我，倚著我的胳膊慢慢地站起來。我們一步步地朝大家走去。他那蒼白的臉告訴我他正承受多大的痛苦。

　　我的內心感到從未有過的寧靜。透過幫助父親，我戰勝了恐懼，我覺得自己也長大了一些。

　　第五天凌晨，我們終於能望見山腳下的村莊了。每個人的腦海裡都冒出這樣的疑問：萬一我們仍然在法國境內怎麼辦？

　　我們提心吊膽地朝小村莊走去。終於，看到一塊用西班牙文寫的招牌。我們不禁歡呼起來，相互擁抱。成功了！

　　父親前往當地的行政機構。官員問：「有入境證嗎？」當然沒有。「算我沒看見你們，趕快離開這裡！」

　　怎麼辦？「往葡萄牙走。」大人們決定，「這是唯一的希望。」一連幾天，我們在西班牙北部跋涉，夜行日藏，

地裡能找到什麼就吃什麼。

一九四二年十二月的一個夜晚，我們在一間牛棚安身，又冷又餓，手邊只剩一根在泥地裡找到的胡蘿蔔。

這是過燭光節的時候了。往昔的記憶向我湧來，我倚著父親的肩膀，忍不住含著淚說：「我們的燭光節連蠟燭都沒有。」

「怎麼會呢？」父親回答，「我們擁有世界上最美麗的大燭臺，它是上帝賜予的。」說著，他把牛棚的門拉開一道縫，我往門外窺望，只見黑天鵝絨般的天空繁星閃爍。「挑一支燭心。」父親輕輕地說，「要最亮的。」

我費了好一會兒才選中最亮的一顆星。父親又說：「再選出另外八顆分燭。」我想像著家裡的大燭臺，選擇了燭心周圍的星星。我們「點燃」了第一顆星，然後關上門。

「誰有陀螺？」父親問。然後演戲似的把手放到身後，又很快拿出來，說：「來，玩吧！」

我們圍坐在一處，父親拿出那個胡蘿蔔，把它放在中間。我伸手抓住假想的陀螺，裝作是為我和法蘭西絲轉陀螺，當我「放手」時，大家彷彿都屏住呼吸，注視著它朝哪邊倒。

「莫蒂兒，你贏了！」父親說著，隆重地把胡蘿蔔遞

給我。法蘭西絲的眼裡閃著勝利的光芒，大人們裝出失望的樣子，就像以往那些幸福的日子一樣。

這個幾分鐘前象徵著饑餓的胡蘿蔔，忽然變成了一件奇妙的獎品。我接過它，像接到一件珍寶一般，掰成幾小塊，分給全家人。我咬著我的那份，甜得就像小時候吃糖似的。

當我鑽進草堆睡覺時，內心充滿了歡樂。我從一無所有到擁有整個世界，包括希望和愛這些難以數計的財富。以堅忍和信念度過逆境，這就是燭光節和那份獎品的意義所在，我第一次清晰地意識到這一點。

終於，我們到達邊境。在葡萄牙的難民所待了幾個月後，美國的朋友幫我們拿到了入境證。一九四三年八月二十三日，我們來到費城。我學會了英語，開始新的生活。好多年過去了，我結婚成家，取得碩士學位，成為外語教授。現在我成為四個孩子的祖母。

我繼續像父親教的那樣，把珍貴的時刻裝進我的那個瓶子裡。

▌悅讀分享▐

　　細讀類似本文的作品，常有一種特別的感覺：人需要宗教信仰。當今亂世，如果沒有好的宗教來導航，說不定會有許多人對未來感到惶惑不安，包括你我在內。文中的這些生命強人，憑藉堅信他們心目中的永恆信仰，終於躲過極可能發生在他們身上的大災難。關關難過關關過，甚至還有選擇的機會，不能不佩服作者的創作理念和構想。當然，作者可能擷取發生在他們家族中眾多事實的一小部分，但這就足以闡明心中久存的疑慮。畢竟，作者深信，任何生命中的挑戰都可仰賴自己深信不疑的宗教力量來克服。

　　虔誠的宗教信仰，加上「永不放棄」的心態，作者和她的家人歷經艱辛，終於逃離納粹黨人的追捕，移居新大陸，展開生命中燦爛的一頁。逃亡過程的刻畫十分逼真，作者說了一個十分感人的故事。宗教力量始終支撐他們，形成對抗歷史上從未有過的殺人暴政。全篇文字簡明易懂，敘述一段難忘的生命歷程，讓讀者重返人類歷史上不堪回顧的片段。

蒙娜麗莎的微笑

〔俄國〕　諾里斯塔夫

　　女孩說，我叫蒙娜麗莎。凱莉便笑了，有種想要接近女孩的衝動。

　　凱莉是一名畫家，去拉馬拉本是看望男友，卻沒想到剛踏上這片土地便遇到這樣一個女孩，傻傻地對著人笑，但那張臉上卻有很多疤痕，顯然與真正的「蒙娜麗莎」扯不上半點關係。

　　「蒙娜麗莎，你家住在哪兒呀？」凱莉蹲下身子問道。女孩卻不說話了，一雙眼大概是被大風刮久了，紅通通浸著淚水，勉強才吐出三個字：「杜米斯。」

　　杜米斯經常出現在國內各大報刊上，那是這個地區最大的一座難民營。凱莉的腦海瞬間出現一幅圖畫：眼前的女孩躺在一堵破牆下，空氣中彌漫著血腥的味道，一隻蒼蠅停在她的臉上，但她卻一動不動。

　　女孩一定餓了，凱莉把皮包裡所有的壓縮乾糧都拿出

來，塞在對方手裡，接著，又把脖子上的圍巾取下，緊緊地裹在女孩身上，然後滿意地點點頭。凱莉看著女孩開心的樣子，忍不住當場拿出畫架，刷刷幾筆，一幅凱莉版《蒙娜麗莎的微笑》便完成了。

「這是我來拉馬拉的第一幅作品。」凱莉在男友面前炫耀，但男友卻不置可否，不斷叮囑她要小心，拉馬拉城的小孩比大人更危險。凱莉認真地點點頭，畢竟男友是真正為自己著想的人。但第二天，凱莉便改變了看法，因為在比瑞德街頭，她再次看到了蒙娜麗莎，她捧著那條圍巾，就像捧著聖物一樣，看到凱莉便奔過來說：「真主保佑你。」接著把圍巾交還給凱莉。

蒙娜麗莎長得不好看，但卻是一個很特別的女孩。望著前面飛奔的背影，凱莉再次陷入沉思，第二幅微笑圖瞬間在腦海裡成形。這就是收穫，一個畫家最想要的便是這種靈感。她就地創作，完成以後，隨手把圍巾套在脖子上，卻突然覺得脖頸一陣刺痛。

被一滴鮮血染紅了的圍巾裡，竟然包裹著一個尖利的銅釘。太可惡了！早就看過一些報導，愛滋病患者為了報復這個世界，常常把沾滿自己血液的釘子放在路邊的凳子上，讓很多無辜的人平白受害。沒想到這樣的悲劇竟然發

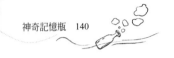

生在自己身上，而且對方竟以怨報德，太可恨了！

這世界瘋了，連小孩都幹這種勾當！凱莉氣憤地想：我非得去杜米斯把她揪出來！蒙娜麗莎，沒想到連微笑都是假的！

杜米斯的管理人是個英國人，名叫普雷第，聽了凱莉的投訴後，先是一陣驚愕，接著便對身邊的人說：「把蒙娜麗莎叫過來，她真是太不像話了！」

可是，蒙娜麗莎沒有來，有人向普雷第報告，蒙娜麗莎寧願不吃飯，死死抓著宿營廣場的欄杆也不肯過來，手都快抓斷了。凱莉澈底被激怒了，她對普雷第說，既然她不願來，我就過去，倒要看看這小小年紀的女孩到底是受誰指使，竟幹這種喪心病狂的事。

在廣場，當凱莉站在蒙娜麗莎面前，結果卻並沒有按著原來的計畫走下去，蒙娜麗莎顯然剛剛拚命掙扎過，臉上毫無血色，但看到凱莉，卻一下子興奮起來：「求你，以真主的名義，請您親手把那顆銅釘交給我吧！」到了這個時候，她還在提要求，凱莉帶著憤慨與不屑，問：「憑什麼？」

接下來，凱莉簡直無法理解，蒙娜麗莎竟然悠悠地說：「我想有個媽媽。」還好，有普雷第在，這位諳熟拉馬拉

文化的慈善服務者解釋：「在這個地區，銅釘代表母愛，你把銅釘交到她手裡，就代表著你給她有如對女兒一般的愛。」接著，普雷第還指著銅釘上面的字母「M」說：「看，這就是證明！」

蒙娜麗莎所做的一切，當然不是為了真的要凱莉做母親，而是想讓杜米斯難民營的其他孩子看到凱莉送她銅釘的情景，哪怕這一切都是假的，因為這些年來，大多數孩子都被遠方來的白人資助或收養了，但蒙娜麗莎卻因長得不好看而留下，她也愈發感到孤單。

「她太需要我們的愛了，」凱莉拿著手裡的第三幅畫對男友說：「《蒙娜麗莎的微笑》也抵不過她的真情。」我以真主的名義發誓。

| 作者簡介 |

諾里斯塔夫，俄國人，生平不詳。

┃悅讀分享┃

　　文中的凱莉聽說女孩叫蒙娜麗莎時，她笑了，但這笑中並沒有嘲笑和鄙夷，表達的是善意和親切，這使女孩對她很信任。凱莉給女孩壓縮乾糧，並給她裹上圍巾，都是暖心的舉動。

　　文章插敘報紙上的相關報導，說明當時凱莉的憤怒，爲下文揭示真相作鋪墊，並形成對比。凱莉一開始被蒙娜麗莎的質樸所吸引，想要接近她；後來收回蒙娜麗莎圍巾很感動；圍上圍巾被銅釘刺傷，很憤恨；最後知道女孩送銅釘給凱莉，目的是渴望得到母愛，想通過凱莉來看自己，使周圍的孩子們羨慕自己有「媽媽」，而不是爲了誇耀。寫凱莉對蒙娜麗莎的態度變化，側面烘托蒙娜麗莎純樸真誠的形象，使小說情節跌宕起伏，富有吸引力。

　　《蒙娜麗莎的微笑》是達文西的經典名畫，以此爲題，設置懸念，引人入勝。畫家爲小女孩的三次畫像，既是小說情節發展的線索，也構成了小說的主要內容。同時隱喻了小說的主題，它象徵著小女孩真誠的心，懂得感恩、渴望愛和尊重，寄寓作者對小女孩命運的同情和對她品德的讚美。

孩子的力量

〔俄國〕 列夫·托爾斯泰

「打死他……槍斃他……把這個壞蛋立刻槍斃……打死他！……這種人該死……打死他……打死他！」人群大聲叫嚷，有男人，有女人。

一大群人押著一個被捆綁的人在街上走著。這個人的身材高大，腰板挺直，步伐堅定，高高地昂起頭。他那剛毅的臉上現出對周圍人群憎恨的神情。

這是一個在人民反對政府的戰爭中，站在政府一邊的人。他被逮住了，現在正要押去處決。

「沒辦法了！我們這邊的力量太少了，沒辦法了！現在是他們的天下。死就死吧，看來只能這樣了！」他想了想，聳聳肩膀，對人群的叫嚷報以冷冷的一笑。

「他是警察，今天早上還向我們開槍！」人群嚷道。

但人群並沒有停下來，仍押著他往前走。當他們來到那條橫著昨天在軍警槍下遇難者屍體的街上時，人群狂怒

了。

「不要拖延時間！乾脆就在這裡把他槍斃了，還要押到哪兒去？」人群嚷道。

被俘押的人陰沉著臉，只是把頭昂得更高。他憎恨群眾似乎超過群眾對他的憎恨。

「把那些人統統打死！打死密探！打死皇帝！打死神父！打死這些警察！打死，立刻打死！」婦女們尖聲叫道。

但領頭的人決定把他押到廣場上去，在那裡解決他。

離廣場已經不遠了，這時從人群後面傳來一個孩子的哭喊聲。

「爸爸！爸爸！」一個六歲的男孩邊哭邊叫，推開人群往俘虜那邊擠去，「爸爸！他們要把你怎麼樣？等一等，等一等，我也要去，我也要去……」

孩子旁邊的人們停止了叫喊，他們彷彿受到了巨大的衝擊。人群分開來，讓孩子往父親那邊擠去。

「這孩子長得好可愛！」一個女人說。

「你要找誰呀？」另一個女人俯下身問男孩。

「我要爸爸！我要到爸爸那兒去！」男孩尖聲回答。

「你幾歲啊，孩子？」

「你們要把爸爸怎麼樣？」男孩問。

「回家去，孩子，回到媽媽那兒去。」一個男人對孩子說。

俘虜已經聽見孩子的聲音，也聽見對方說的話。他的臉色越發陰沉了。

「他沒有媽媽！」他對那個叫孩子去找母親的人說。

男孩在人群裡一直往前擠，擠到父親身邊，撲到他身上。

人群一直叫著：「打死他！吊死他！槍斃這個壞蛋！」

「你幹麼從家裡跑出來？」父親對孩子說。

「他們要對你怎麼樣？」孩子問。

「你照我說的。」父親說。

「什麼？」

「你認識卡秋莎嗎？」

「那個鄰居阿姨嗎？當然認識。」

「好，你先到她那兒去，待在那裡。我……我就來。」

「你不去，我也不去。」男孩說著哭起來。

「你為什麼不去？」

「他們會打你的。」

「不會，他們不會，他們就是這樣。」

俘虜放下男孩，走到人群中那個發號施令的人跟前。

「聽我說，」他說，「你們要怎麼對我都行，隨便你們在哪裡，但不要當著孩子的面。」他指指男孩，「你們給我兩分鐘，我會對他說，你是我的朋友，我跟你一起去走走，這樣他就會離開了。到那時……到那時你們要怎麼對我，就隨便你們。」

領頭的人同意了。

然後俘虜又抱起孩子，說：「乖孩子，到卡秋莎阿姨那兒去。」

「你呢？」

「你看，我只是和這個朋友一起去走走，我們還要再走一會兒。你先過去，我待會兒就來。你去吧，乖孩子。」男孩盯住父親，頭一會兒轉向這邊，一會兒轉向那邊，接著思索起來。

「去吧，好孩子，我就來。」

「你一定來嗎？」

男孩聽從父親的話。一個女人把他從人群裡帶出去。

等孩子看不見了，俘虜說：「現在我準備好了，你們打死我吧。」

這時，發生了一件完全意想不到和難以理解的事。

在這些一時變得性格殘酷、充滿仇恨的人身上，有某

種性靈覺醒了。有個女人開口道：「我說，把他放了吧！」

「上帝保佑，」又一個人說，「放了他！」

「放了他，放了他！」人群叫喊起來。

那個驕傲而冷酷的人剛才還在憎恨群眾，此刻竟雙手蒙住臉，放聲大哭起來。他是個有罪的人，但從人群裡跑出去，卻沒有人攔住他。

│ 作者簡介 │

列夫・托爾斯泰（Leo Nikolayevich Tolstoy, 1828-1910），俄國小說家、哲學家、政治思想家，也是非暴力的基督教無政府主義者和教育改革家。著有《戰爭與和平》、《安娜・卡列尼娜》和《復活》等長篇小說，被世人視作經典名作，也是世界最偉大的作家之一。

▍悅讀分享▍

　　小說的開頭寫人群大聲叫嚷的情景，表現了人們亢奮情緒和內心的憤怒、仇恨之情；為下文警察的出場做鋪墊；與結尾處人們表現出的寬容善良形成反差，從而突出小說弘揚人道主義的主旨。一開頭就將讀者置於緊張的氛圍中，設置懸念，引起讀者的閱讀興趣。

　　孩子的出場使得小說中仇恨群眾、冷漠固執高傲的警察，維護孩子的尊嚴、充滿父愛溫情，證明他尚未泯滅人性，最終被感化。孩子的出現促成仇恨雙方再次審視自己，改變了先前的態度，尤其是人們從起初的憤怒仇恨到最後的寬恕諒解，前後態度的反差突出了文章的主題，放棄殘酷仇恨，回歸友善純真。

　　原本充滿仇恨的人們，心底深處卻是善良仁愛的，人物形象本身看似矛盾卻是真實的再現。孩子的出現打破了雙方的對立，使情節從起初的劍拔弩張逆轉為後來的充滿溫情，跌宕起伏，懸念迭出，吸引讀者。

　　文中有一句話說「有某種性靈覺醒了」，「性靈」指的是親情、憐憫、博愛、寬容、寬恕。

布拉格的歌聲

〔俄國〕 彼特洛·羅斯基

　　行動之前，傑夫卡夫斯基就有一種強烈的預感，這絕不是一次例行演習那麼簡單。果然，短短三個小時之後，裝甲車隊便開入布拉格，而空中的廣播也同時傳來訊息，這次行動絕不是針對捷克斯洛伐克人民，而是逮捕杜布切克的黨羽（譯注）。

　　守護在布拉格邊緣的一條要道，傑夫卡夫斯基和戰友一樣，心裡非常焦慮，這次取名爲「尤里復仇」的行動到底要持續多久？

　　街對面不遠處是一個教堂，悠揚的鋼琴聲隱隱約約地從裡面傳出來，傑夫卡夫斯基情不自禁地側耳細聽，曲子有點像〈伏爾加母親〉，那是他最喜愛的一首曲子，如果不是德軍突然入侵，傑夫卡夫斯基想，自己現在一定是一名鋼琴師，至少不會手裡拿著槍。

　　傑夫卡夫斯基無奈地笑一笑，抬起頭看看天空，只見

晴空萬里，陽光直射著這座城市，連影子都看不見。這是個好兆頭，久經戰場的他可以肯定，戰爭已經結束，或者根本就沒有發生，因為天空連一架飛機都沒有，這就說明莫斯科再次取得了絕對性的勝利。

想著，傑夫卡夫斯基便覺全身輕鬆起來，反覆觀察了四周。沒什麼異動，便向遠處的戰友打了聲招呼，自己一個人慢慢朝教堂走去。琴聲已經停止，但教堂卻並沒有靜下來，透過門縫，傑夫卡夫斯基看見一群孩子正整齊地唱著歌，什麼曲子他聽不出來，只覺得歌聲在教堂裡顯得特別響亮。

傑夫卡夫斯基喜歡這種感覺，便不由自主地走進去，他想問問這首歌的名字，甚至還想跟他們一起學習歌唱。然而，當他出現在那群孩子面前，歌聲卻突然停止了，他們一個個驚恐萬分，稍小一點的女孩甚至還往後躲。

傑夫卡夫斯基抱歉地笑笑，正想說明自己的來意，一個男孩卻突然朝自己奔來，這是一個勇敢的男孩，傑夫卡夫斯基在心裡默默讚許。但男孩大概跑得太急，竟然在階梯處絆倒。遇到這種情況，傑夫卡夫斯基當然是毫不猶豫地向前攙扶。意外就發生在攙扶的那一刻，男孩拚命甩開他的手，大聲哭叫：「壞人，你還我爸媽來，你們都是壞

人！」與此同時，男孩竟然掏出一支手槍對準傑夫卡夫斯基的胸口，「砰！」的一聲，槍聲在教堂裡格外響亮。

傑夫卡夫斯基感覺好沉重，他真的不希望發生這種事，但當他發現男孩拿出手槍的那一刻，還是習慣性地先下了手。教官曾無數次地訓練他應對類似的情況，所以，槍殺男孩的事情完全可以算得上是一次對敵作戰，傑夫卡夫斯基甚至還可以把戰績上報。但是，在槍響之後，他卻只覺天旋地轉，怎麼也站不起來，他看見男孩的臉，竟然帶著微笑，一種解脫的微笑。

當戰友衝進教堂，一支支槍口對準教堂裡的孩子時，傑夫卡夫斯基終於掙扎著站起來，他告訴戰友，這裡沒有杜布切克的黨羽，男孩完全是自己一時衝動而錯殺，回去後，他會主動接受軍法處置。

教堂裡所有的人都默不作聲，無論是小孩或是大人，他們臉上都有種奇怪的表情。因為在剛才，他們親眼看見傑夫卡夫斯基把男孩手裡的槍塞進自己的懷裡，一個軍人竟然保護敵人的伙伴，這簡直就是奇蹟。

當傑夫卡夫斯基與戰友跨出教堂的大門，外面陽光依舊明媚，整個布拉格寧靜得像莫斯科的早晨，而就在傑夫卡夫斯基回頭的那一刻，透過教堂的大門，他看見那群孩

子緊緊地靠在一起，悠揚的歌聲再次響起，越唱越響，歌聲從門口飄出來，彌漫在布拉格的天空。

譯注：1968 年，捷克斯洛伐克共產黨中央第一書記杜布切克發起「布拉格之春」改革運動，希望藉此擺脫蘇聯的侵略。8 月 20 日，蘇軍以軍事演習的名義突襲機場並占領布拉格，逮捕了杜布切克，控制了捷克全境。

｜作者簡介｜

彼特洛・羅斯基，俄國人，生平不詳。

┃悅讀分享┃

布拉格的歌聲是呼喚和平的歌聲，是人類精神力量的象徵，代表著捷克斯洛伐克的希望和未來。全文照應題目，以美好的「歌聲」，表達對美好生活的嚮往，渲染寧靜而壓抑的氛圍；同時表現人物內心世界的複雜情緒，以情感人，引發人們對戰爭的思考，並藉此推動故事情節的發展。

主角傑夫卡夫斯基滿懷愛心，熱愛音樂，喜歡聽孩子們在教堂唱歌的感覺，男孩絆倒時他毫不猶豫地去攙扶。他勇於自我犧牲，告訴戰友，自己一時衝動錯殺男孩，甘願為保護反抗入侵的「孩子」而接受軍法處置。教堂裡所有的人默不作聲，因為面對敵人的槍口。

或者我們可以推測，小男孩之所以面帶微笑，是一種解脫的微笑，是對「壞人」的抗議，是想到死後會在天堂看到父母的幸福。

作品中多處描寫歌聲，這歌聲代表著美好的生活，歌聲越響亮，人們越厭惡戰爭。

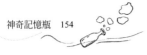

十字勳章

〔法國〕 亨利·巴比塞

在一次成功的偷襲後，我們進入了加拉各村。我們的運氣不錯，所有羅洛貝族的武士都出去打獵了，村子裡只剩下一些老弱婦孺。

在濃重的暮色掩護下，又幸得我們一個士兵悄悄打死了一個蹲在圍牆旁的守衛──那人醜得要命，滿臉皺紋，像是一只上了鞋油的舊皮靴。於是我們神不知鬼不覺地潛伏到中央廣場的附近。

大家隱蔽在矮茅屋後面，子彈上膛，步槍平托，一切就緒，只待我們開火消滅所有這些人影。他們仍然一無所悉，三三兩兩地坐在石頭上和地上，也有一些人在走動著。

在我面前有兩個黑人坐在一張長凳上，背靠著牆，默默無聲，一動也不動地緊偎著。我瞄準了右邊那一個，暗自思忖：他們兩人在那兒做什麼呢？

一聲號令！我們的步槍同時從四面八方發射，有如晴

天霹靂。時間並不長，兩分鐘而已，這些漆黑的人影就全都嗚呼哀哉，死翹翹啦！他們彷彿沉入地底，又好像煙霧似的，剎時毫無聲息。

　　我得承認，對逃過我們密集的射擊，像田鼠般鑽進矮茅屋去的那些倖存者，我們後來打得實在有點過火了。爲了勝利的歡樂，這一場殺戮是可以諒解的，而且在戰場上這也是極其自然、極爲人道的，何況我們又喝醉了──我們在一所較大的茅屋裡找到了一桶甜酒，可能是個什麼倒楣的英國間諜賣給這些羅洛貝族人的。至於我個人，對於當時發生的事情，其實腦海裡只留下一片混亂模糊的印象。但是有一件事，我卻記得很清楚：有兩個黑人在我面前，我舉起步槍，瞄準了其中一個。這兩人後來我又見到了：因爲我幾乎絆倒在他們身上。就在前不一會兒，他倆還不言不語，模樣眞夠滑稽，這下子卻變成了屍體，倒在長凳下。這是兩個小黑人，一男一女，身子蜷縮，相互緊抱著，就像兩隻緊握的手⋯⋯是一對戀人！這景象不斷縈繞在我腦海裡，所以在這樣一個值得紀念的夜晚，我有好幾次一直拿此來向人說笑。

　　後來，我的腦子完全糊塗了，我大吃大喝，又狂呼吼叫地東蹦西跳。突然，腦門上一陣劇痛⋯⋯我跌倒了⋯⋯

不省人事。

六個星期後，在聖路易醫院我才恢復神智。一天早晨，我睜開雙眼，只見四周一片白色，空氣中散發著碘酒的氣味。

之後旁人陸續告訴我所發生的慘劇：我們的連隊過於疏忽，滯留在那被征服的村子裡，而且倒地酣睡。因而，返回村莊的羅洛貝族武士殺盡了我們全部的人，全部！

「那麼我呢？」我問。

他們告訴我，是運氣救了我。一間茅屋倒塌了，斷牆的土塊把我壓倒，但是也把我遮住了。第二天，遠征軍的主力部隊重新占領了村子，洗劫了全村，終於把羅洛貝族人殺得一乾二淨，還從掩蓋著我的坍塌的土塊堆裡，拉出我的雙腿，把我拖了出來。

不過更妙的事還在後頭，總督來到我的病房，親手頒發五等榮譽勛章給我。

我所有的同伴都送命了，我卻得到了勛章！這天我是在一種無法言喻的激動中，和一種無比的幸福中入眠的。

沒多久，我傷癒了：我迫不及待地想佩戴著我榮獲的勛章回到故鄉去。我做著種種美夢：父親、母親、鄉里的人都來熱切的歡迎我；昔日的舊友因自慚形穢而不敢和我

攀談；工廠的領班們都來和我拉交情。誰料得到呢？說不定那位有錢的慕莉愛小姐也會不顧她那一大把年紀，答應嫁給我！

盼望已久的日子來到了！七月的一個清晨，我抵達維勒福城。我穿上我原來的那件軍大衣，掛上了簇新的勳章，昂著頭，邁著方步。

天啊！好盛大的歡迎會！車站裡，鼓樂聲響連天，列隊的少女、歡樂的人們全都穿上節慶的衣裳，搖著旗子。有位先生，他穿著緊身的燕尾服，臉孔紅得像頭母牛。我還沒來得及走下車廂的踏板，他就急忙向我致意。那位城堡主人德・維勒凡爾伯爵，身上穿著獵裝，朝我微笑。人群熙熙攘攘，推擠著要過來，有人嚷著「看，就是他！」好像在高呼「國王萬歲！」我的父母也在人群中，他們穿著禮服，滿面春風，我幾乎認不出來了。

人們把我簇擁到市政廳去進午餐。席前席後沒完沒了的致詞，全都是談我一個人的事。大家稱我是「加拉各光榮的倖存者，塞內加爾的英雄」。人們以各種不同的說法，在我面前談我立下的功勳，並且還能用某一種方式把我和法蘭西精神、文明等主題連結起來。

將近黃昏，這場午餐才告結束。人們平靜下來，一位

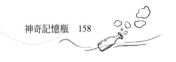

報社的記者走到我旁邊，請我親自談談我的光榮事蹟。

「嗯，好，」我說，「就是這樣……我……我……做了……」

然而，我找不到任何詞句來繼續這個開場白，只好啞口無言，呆望著他。

我的手臂莫名其妙地亂揮了一陣，落了下來。

「我記不清楚了！」我無可奈何地這樣說。

「回答得真妙！」這個自以為聰明的少爺，尖著嗓門叫起來，「這位英雄連他自己立下的豐功偉績都不屑回顧！」

我微微笑了笑，大家陸續離席。外面還有一些等候的人群，他們一直排到村鎮的盡頭，言之無物的演說、地方仕紳的敬酒，還再加上一堆令人難以忍受的擁抱……大家才散去。最後，我在朦朧的夜色中，獨自來到工廠區附近。

我沿著教堂旁邊的小石子路走回家。夜色已降臨，我不時地眨著眼睛，兩眼冒金星，兩腳沉重不已，腦海裡昏昏沉沉，一片空虛。然而，我總覺得有件心事放不下。

沒錯，那位記者提的那個荒謬的問題，像一根釘子插進了我可憐的腦袋，「你做了些什麼了不起的事？」對呀！是什麼？到底是什麼呢？很明顯，我做了些絕非尋常的

事，十字勛章就是證明。但是，究竟是什麼呢？……我突然立定在昏暗的小路當中，我站在那兒，有如陷入地裡的一塊界石。我尋思著，但我找不出個答案。

難道是那些香檳酒和他們錯綜複雜的大道理把我的神智搞迷糊了嗎？我多少有點像某些小說中的人物，忘卻了自身的一段經歷，我忽然忘記了自己的功勛，就像我全然不曾有過什麼功勛似的。

我心中惶惶不安，繼續向前踱著步子，像從前一樣往家裡走去……。這時，在一個拐角處，我透過昏暗的月色，發現有兩個人，互相緊偎著坐在莊園裡的一張長凳上，他們像是手拉著手，誰也沒說話；他們似乎沉湎在一種寂靜之中，彷彿全神貫注於一件重要的事情。在這朦朧的夜霧，我看不清他們的模樣，只能分辨出他們的形體，並察覺出在他們之間那股勝似語言的內心交流。

「哎呀！」我叫了一聲，又站住了。

兩眼直望著村鎮深處的這個拐角，驟然間我恍如看見了另外一個村莊，它已被消滅殆盡，那個村子和全體居民，尤其是那兩個小黑人，都已從這地球上消逝了。他倆曾經活生生地出現在我眼前，雖然只看到他們的形體，只察覺到他們那種心靈相通的默契──那對小黑人，由於夜色的

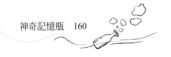

簡化作用，就和這裡的兩個人影一模一樣。

這兩個影子，那兩個黑人……我會發現他們之間有一種關聯，這實在是太蠢了，但我確是發現了！人們酒喝得過量的時候，就會變得十分天眞，頭腦也簡單起來，我一定是相當醉了，因爲這種可笑的聯想，本來應該使我發笑的，卻使我哭了。我把手伸向十字勛章，把它從胸前摘下來，急急塞進口袋深處，好似一件偷來的東西。

| 作者簡介 |

亨利·巴比塞（Henri Barbusse, 1873-1935），法國作家。早年曾發表詩集《泣婦》(1895)、長篇小說《哀求者》(1903)和《地獄》(1908)。第一次世界大戰爆發後，創作了反戰小說《火線：一個步兵班的日記》（1916），獲冀古爾文學獎。

┃悅讀分享┃

　　這篇文章講的是在一次法國發動侵略非洲的戰爭中，主人公所在的法國部隊偷襲加拉各村（非洲的一個村），殺死當地百姓後，縱慾慶賀，恰遇當地村民又殺了回來，主人公所在的部隊全軍覆沒，只剩下他一人因爲被倒塌的茅屋傷及頭部，掩蓋在土塊下而倖免於難。

　　回國後，他被授予象徵極高榮譽的十字勳章。可是在虛榮心滿足後，他清醒地意識到這場侵略戰爭所帶來的心靈上的譴責。

這是艾莎在歌唱

〔摩洛哥〕 熱龍

可怕的消息震撼了丘陵中一個孤零零的村莊，法國軍隊開進了摩洛哥，首都街頭展開了流血戰鬥，驚慌失措的居民無力抵禦全副武裝的敵人。

有史以來這個村莊從未經歷過戰爭。它的周圍是肥沃的土地、蔥鬱的樹林、水草豐富的牧場。住在這個村莊的都是熱情、純樸的人。當危機襲來時，他們團結起來保衛自己的家園。不甘忍受屈辱的村民拿起武器，高喊「打倒敵人」的口號走進阿特拉斯山脈的深處；留下來的人集合起來開會，討論保衛村莊的計畫。村子中心的山丘上聳立著一個城堡，展示它久遠的歷史。村民只要隱藏在城堡厚實的圍牆後面，就能無畏敵人的進攻。這些不懂軍事戰術的人們認為，保衛城堡比真正投入戰鬥更加光榮。

村長主持了會議。他是一位受人尊敬的五十多歲男子。他竭盡心力衛護家園的繁榮，他的妻子早已去世，只

有女兒和他相依為命。女兒艾莎是一個十七歲的美麗姑娘，她那閃閃的眼睛猶如晨星。敵人入侵前，艾莎才和一個健壯的青年訂了婚。

法國人的入侵使艾莎絕望了。她想：「打仗了！將要血流成河、屍橫遍野，姑娘們將被搶去任人踐踏，美好的理想將化為泡影。」

深夜，父親回來了。艾莎的未婚夫也跟他一起來了。他們都彌漫一臉沉重的樣子。

艾莎問道：「會議做了什麼決定？」

父親急切地大聲說：「我們要誓死保衛家園，直到最後一刻。婦女要到城堡裡去躲避，男子要去前線迎戰敵人。沒時間跟你多說了！」

這一夜，村裡誰也沒入睡。天一亮，男子奔赴北方去伏擊法國人，婦女到城堡裡去躲避。可怕的寂靜籠罩著空蕩蕩的房舍。

遠處響起了一陣齊射的槍聲，接著是斷斷續續的互擊聲，戰鬥開打了。摩洛哥人邊戰邊退，過了幾個小時，他們已經在村外激戰，但是不打算撤退到城堡裡去，以免戰火牽連到裡頭的婦孺，於是直接展開巷戰。

這是真正的肉搏戰，他們用槍托、刺刀和一切能找到

的東西來攻擊敵人。城堡裡也開始發生混亂,他們看到了可怕的景象:戰火撲向他們的父親、弟兄、未婚夫的身上。婦女一個個哭喊著奔向廣場,但被無情的子彈擊中,倒在親人的身旁。

到了夜晚,法國人離去休息、掩埋屍體,並準備下一場戰鬥。早晨,太陽升起,比前次更厲害的戰鬥又開始了。每條街、每間房舍都因戰鬥而棄守。遍地是屍體,每一具阿拉伯人的男屍旁都躺著一具女屍。保衛者的人數迅速遞減,死亡威脅著村莊。它雖然還在掙扎,但只剩最後一口氣了。

敵人的主力部隊只留下一小隊士兵來守衛破壞了的村莊。他們邁著正步走向廣場。一個軍官走在前面,高舉飄揚的旗幟。這隊士兵敲著鼓,唱著勝利的歌。馬路和破敗的房屋裡,到處是屍體,彷彿村莊裡已無半個居民了。突然,城堡的槍眼裡露出槍口,它瞄準軍官,「砰!」的一聲,軍官和旗幟一齊倒下了。接著是第二槍、第三槍……,一個士兵倒下,接著又一個倒下……。

艾莎看見父親如何被敵人殺害,敵人如何把他瘦弱的軀體剁成碎塊,但她沒有走出城堡。她也看見了她的未婚夫是怎樣死去的。她的心中充滿憤怒和仇恨。艾莎自言

自語地說：「你們等著吧，餓狼們，我要為父親和愛人報仇！」

　　軍官的死，使法國士兵騷亂起來。他們以為中了敵人的計，於是紛紛躲進廢墟。城堡沉默了……，他們悄悄匍匐前進，沒有歌聲，沒有旗幟。他們小心翼翼地，彷彿每塊石頭後面，不是埋伏著阿拉伯人，就是有一顆即將爆炸的地雷。

　　艾莎從槍眼裡清楚地看見敵人的行動，緊張地注視著戰場。她目不轉睛地窺視著廣場。她沒有開槍，等著敵兵進入廣場中心。

　　法國人採取了迂迴行動：兩個人往城堡北面，兩個人往城堡南面。艾莎準確的槍法把四個人都打死了。

　　以前，艾莎的槍法並不很好，但是，對敵人的仇恨讓她有了力量，使她的射擊沒有絲毫失誤。過沒不久，敵兵只剩下一個人。這是一個有經驗的老兵，他找到一個隱蔽的位置，伺機射擊。艾莎非常謹慎，她沒有從槍眼往外窺視。法國人明白，誘殺她並不那麼簡單，於是採取了一個狡猾的辦法，故意裝出撤退的樣子，爬向廢墟，離開村子，鑽進一塊凹地。艾莎高興極了，她想：「走了！走了！勝利了！」

　　艾莎走向廣場，把步槍緊緊地夾在腋下，在屍體堆中走著。因為恐懼，她的眼睛瞪得大大的，頭髮披散著，全身肌肉緊繃。她走到村邊，跳上法國軍官的馬，一面高聲喊叫，一面向逃跑的敵兵追去。

　　艾莎的英雄事蹟傳遍全國。摩洛哥沒有人相信她已犧牲了。牧童們到現在還流傳著，有時隱約可以看到一個剽悍的女騎士馳騁在草地上。晚歸的路人也激動地說，夜色朦朧中出現一個女騎士的身影，奔向阿特拉斯山峰。

　　人們說：「她還活著！在為我們村莊的人報仇！」

　　一切可能就是這樣，但是艾莎並沒有回到村裡。她犧牲了嗎？沒有。艾莎還活著！你聽，樹叢中不是傳來了槍聲嗎？那就是她在射擊！如果你戴著法國人的那種帽子，千萬別上山坡去！

　　但是有些夜晚並沒有傳來槍聲。那時繁星閃爍，人們進入夢鄉，摩洛哥的天空響起了自由的歌聲。

　　這是艾莎在歌唱。

| 作者簡介 |
熱龍，摩洛哥人，生平不詳。

悅讀分享

　　歷史總是充滿了嘲諷的史實。法國殖民他國時所採用的手段，不亞於英法百年戰爭（1337-1453）時，英軍入侵法國的模樣。那時候幸虧有聖女貞德（1412-1431）的登高一呼，法國才免於滅亡。聖女貞德被稱為「奧爾良的少女」，是法國的民族英雄、軍事家、天主教會的聖女，法國人心中的自由女神。英法百年戰爭時，她帶領法國軍隊對抗英軍的入侵，支持法王查理七世加冕，為法國勝利做出貢獻。相對之下，這篇作品中的十七歲少女艾莎頗有貞德的味道。她單槍匹馬對抗入侵的法軍，英勇善戰。故事接近尾聲時，作者並沒有交代艾莎是生或是死，不過崇拜她的讀者心知肚明，她最後必定血染戰場，為家鄉犧牲。但在法國人眼中，她有如螻蟻。他們不相信她會被神格化，留名青史。

破曉歌聲

〔美國〕 雅典娜・阿塔溫

　　一九一六年，第一次世界大戰中期。今年聖誕飄的雪
應當是紅色的，因為戰爭不會為了節日而停歇。戰況日益
激烈，德國人、英國人的鮮血在新年繼續交融、浸染著法
蘭德斯的土地。

　　吉姆朝背後殷紅的戰場掃了一眼，回到營房。哨兵呼
地站起來，微微抬起左手的刺刀。

　　「是我！」吉姆叫道。

　　「吉姆？」哨兵放下步槍，「謝天謝地，你還活著。」
他如釋重負地說。

　　「你好，沃特。」吉姆招呼老朋友。沃特凝視著他，
眼窩深陷的大眼睛在黑暗中看不清楚。

　　「給什麼事耽擱啦？」沃特平靜地問。「你沒回戰壕，
我們還以為你犧牲了。我讓其他人睡覺，我來站崗放哨，
想看……看有沒有消息。」

「我沒事。一位戰友中彈，我把他背回戰壕了。」吉姆解釋。想到這場可怕的戰爭隨時隨地可能奪走任何人的生命，他倆不禁打了個寒顫。

「你能想像嗎？有一段時期我們壓根兒沒想過死亡這回事。」吉姆說。

「那是兩年前了，我們在教堂為聖誕音樂會做最後的排練。」沃特回憶道。

「你沙啞著嗓子參加合唱。」

「唱〈平安夜〉的時候，我搞砸了。」沃特十分傷感地說，「當時尷尬得要命，因為〈平安夜〉一向是我最喜歡的聖誕歌曲。」

「喂，你不應該說喜歡它！」吉姆生氣地低語，一下子將沃特從逝去的好時光中拽回來。

「為什麼不該？」

「你不知道是誰寫的那首歌？」

「當然知道，弗朗茲·格魯布。」

「他是德國人。」

「那又怎麼樣？」

「沃特·史密斯下士，兩年來，我們英國人一直在向德國陣地開火，怎麼能夠一邊和德國人打仗，一邊還喜歡

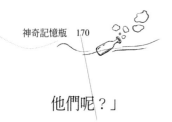

他們呢？」

　　對於德意志威廉皇帝麾下的戰士而言，幾月幾日的概念毫無意義，雅各只曉得冬天到了，時間融化成一片硝煙，如同白雪在千萬雙皮靴底下被踏成泥漿。法蘭德斯不是夢想家的樂土。

　　琥珀色的朝陽即將升起，雅各從新鮮的積雪上面踩過去。他年輕，頭髮烏黑、眼神精明沉穩，眉毛陷在一道深深的皺紋裡。他曾是一位溫文爾雅的音樂家，現在卻一臉老氣橫秋。戰鬥把他變強悍了。

　　「早安。」大土坑裡的士兵對雅各說。

　　「也祝你早安，」他對招呼自己的士兵卡爾說，「儘管沒有什麼好事。」

　　「你怎麼知道呢？」卡爾反問。「或許今天是英國的投降日，我們就不用再打仗了。」

　　雅各嗤之以鼻，「你想要勝利？你找錯地方了，小兵。」

　　「想想吧，」卡爾補充道，「上一次聽到和平之聲是多久以前的時候了？自一九一四年以來，我們就一直在跟英法軍隊交火。」

「那又如何？」雅各問。

「嗯，你不認為一切總有結束的一天嗎？有朝一日大家會厭倦戰爭，會渴望停下來聽一聽子彈以外的聲音。」

「啊！」槍炮的怒吼聲中，吉姆看見沃特倒下了，他大叫一聲，躍出戰壕跑到好友身邊。鮮血從沃特土黃色軍裝的前襟擴散開來，胸前染成一片黏糊糊的紅色。不可能，這一定只是場噩夢！一定是！

看在上帝的份上，今天可是十二月二十四日平安夜，是奇蹟之夜啊！

沃特似乎有同樣的念頭。「平安夜到了。」他嘶啞著嗓子說。

「不……不。」吉姆感覺自己的淚水流淌下來，「沃特，聽我說，你必須活下去，你必須好起來。」然而沃特的目光逐漸渙散，直視蒼穹。

他說：「吉姆，我們應該合唱一首〈平安夜〉……」

「撐住，你會沒事的。」吉姆哽咽得說不下去了。

「〈平安夜〉，吉姆。」他輕聲說，「請開始吧。」

「〈平安夜〉。」吉姆愣愣地重複道。

沃特深吸一口氣，微啟嘴唇，他最喜愛的聖誕歌曲的

第一個音符飄了出來。

　　他們周圍，激戰正酣。然而在那一刻，對於吉姆，全世界只剩下摯友美妙的歌聲。吉姆的心在劇烈顫抖。隨後他的歌聲加入沃特的歌聲，幫助他把調子接下去。像多年來一樣，他倆一塊兒唱啊唱。

　　「雅各！」一隻手推推他的肩膀。雅各跳起來，步槍差點落地。「你知道自己在做什麼嗎？」他責問道。

　　「聽！」卡爾在槍林彈雨的呼嘯聲中大喊，「聖誕節！聖誕節！」

　　雅各豎起耳朵，聽到了闊別許久的聲音。歌聲越來越響亮。熟悉的旋律！

　　「〈平安夜〉。」卡爾高喊。「弗朗茲‧格魯布的歌。他們在唱！他們不完全討厭德國人呵！」

　　雅各聽不見卡爾在講什麼。他側耳傾聽，全神貫注於音樂。隨後他跟著哼起來，記起了歌詞──突然他開始用母語演唱〈平安夜〉，他的聲音甚至蓋過了隆隆的戰火。

　　在他四周，士兵們垂下手中的槍枝，瞪大亮晶晶的眼睛。朋友和敵人都停止廝殺，靜靜站立，屏息諦聽。他們聽見兩個男人在唱歌，一個用英語、一個用德語，唱出祈

求地球和平的同一首歌。

　　這幸福的一刻。當歌聲餘韻嫋嫋升入星空，大地一片安寧。

‖ 作者簡介 ‖

　雅典娜・阿塔溫，美國人，生平不詳。

悅讀分享

本文以第一次世界大戰中期的英德戰場為背景，敘述一個發生在平安夜的悲劇故事，戰爭場面落墨不多卻扣人心弦。對話十分精采，不僅巧妙地展示出敵對雙方人物迥然不同的心理與性格，而且推動故事情節的發展。

小說以歌曲〈平安夜〉為線索，串起小說中敵我雙方的四個人物，雅各與卡爾、吉姆與沃特的經歷與變化。本文描寫細膩而嚴謹，沃特受傷時「鮮血從沃特土黃色軍裝的前襟擴散開來」，接著「胸前染成一片黏糊糊的紅色」，作者用寫實的語言控訴著戰爭的殘忍。作者講「今年聖誕飄的雪應當是紅色的」，暗指戰爭慘烈，將士的鮮血染紅了戰場上的雪，為下文做鋪墊。標題「破曉歌聲」具有很強的象徵意義，「破曉」象徵著打破戰爭的陰霾，迎接和平的光明，耐人尋味。

小說中有三處唱〈平安夜〉的描寫情景。第一處寫沃特與吉姆回憶戰前在教堂唱〈平安夜〉的情景，儘管沃特唱砸了，卻沒有死亡的威脅；第二處寫沃特臨死前與吉姆一起唱〈平安夜〉，希望用歌聲表達大家對和平的渴望（或表達自己對戰爭的厭惡）；第三處寫德國士兵雅各受到對方陣地歌聲的感染，情不自禁地用母語跟唱〈平安夜〉。

三者形成對比，突出主旨，表達交戰雙方對戰爭的厭倦。
〈平安夜〉把交戰中敵我雙方的心連在一起，戰爭儘管會
改變很多東西，但無法改變人們對和平的渴望，說明人們
對和平的渴望是不分國籍、不分敵我的。

領悟人生

扣問人生：為何如此複雜，教人難辨方向？
望向天涯：驚嘆宇宙浩瀚，究竟何為盡頭？
願尋訪智者、明辨智慧之道，
活出一個精采燦爛、無愧此行的人生！

一個孩子的星星夢

〔英國〕　查爾斯·狄更斯

從前有一個小男孩，喜歡漫步山間田野，四處遊蕩，腦子裡想著各種各樣的事情。他有個姐姐，也是個小孩子，是他形影相隨的好伙伴。他們常常終日神思遐想，對一切充滿好奇。他們驚嘆花的美麗，驚嘆天空的高遠和蔚藍，驚嘆明媚河水的幽深，驚嘆上帝——這個美好世界的締造者——的仁慈和力量。

他倆常常會這麼問著：「如果有一天，世界上的孩子都死了，花和水還有天空，會感到難過嗎？」他們堅信，這些大自然也會感到難過的。因為他們認為，「蓓蕾是花的孩子；山谷裡歡快奔流的小溪是河水的孩子；澈夜在天空玩捉迷藏的微小光點是星星的孩子。倘若它們再也找不到自己的伙伴——人類的孩子，一定會很傷心的。」

每天晚上，在教堂尖頂附近，墓地的上空，總有一顆閃亮的星星比其他星群先出現在夜空。在他們的眼裡，它

比其他所有的星星都更大更美。每天夜晚，他們會牽著手站在窗前守候著，誰先看到那顆星星，就馬上大喊：「我看見星星啦！」而通常的情形是，他們會齊聲喊起來，因為他們太熟悉它升起的時間和位置了。漸漸的，他們和那顆星星成了最好的朋友；每天晚上睡覺前，都要向窗外再張望一眼，向星星道晚安；當他們拉起被子準備入眠時，也會念一句：「上帝保佑星星！」

可是，在那樣幼小的年紀，哦，還非常非常小的年紀，他們的姐姐就像朵秋天的花，枯萎了。她變得好虛弱，再也不能站在窗前，於是那個男孩憂傷地獨自望著窗外。每當他看到那顆星星，他會轉過身來對著床上那張蒼白的面容說：「我看見星星啦！」這時，一絲微笑會浮現在她的臉上，一個微弱的聲音應答著：「上帝保佑我的弟弟和星星！」

不久，不幸的時刻降臨了，一切都來得那麼突然！從此，男孩獨自一人望著窗外，從此床上不再有任何面龐，從此墓地中多了一個從前沒有的小小墳墓。每當他含著眼淚望向那顆星星，星星散發的無垠光芒照耀在他身上。

如今，這些光芒是那樣地明亮，似乎鋪展了一條從人間通往天堂的金光大道。當男孩孤獨地睡在床上時，他夢

見了那顆星星，他夢見自己躺在窗上，看見一對人兒在天使的引領下，走上那條金光大道。那顆星星爲他們開啓一個神聖而光明的世界，有好多天使在迎候他們。

那些等候的天使們，正以愉快的目光注視著被帶到星星上的人們。有的天使會走出長長的佇列，溫柔地親吻來人的脖子，然後和他們一起沿著金光大道離開，他們顯得開心無比。小男孩躺在床上，不禁高興得哭了起來。

但有許多天使並沒有和他們一起離開，其中有個天使，是小男孩非常熟悉的面孔，那張曾經病懨懨地躺在床上的面孔，如今變得容光煥發，但他毫無疑慮的能夠在天國的人群中立刻認出他的姐姐。

他的天使姐姐在星星的入口處徘徊不前，她問那位把人們帶到彼岸來的天使長：「我的弟弟來了嗎？」

天使長答道：「沒有。」

她滿懷希望的轉身，準備離去，小男孩連忙伸出手臂喊道：「噢，姐姐，我在這兒呢！帶我走吧！」於是她轉頭朝著小男孩看，含笑的目光落在他的身上，然後，一切便陷入黑暗。星光在房間裡閃耀，當他含著眼淚望向那顆星星，星星散發的無垠光芒照耀在他身上。

從那天以後，小男孩每次看到那顆星星，猶如看到自

己大限來臨時要回的家。他認爲，自己不但屬於塵世，也屬於那顆星星，因爲他的天使姐姐已經去那裡了。

　　一個嬰兒誕生了，小男孩添了一個弟弟。他是那麼小，還未說過一句話，在床上伸展著小胳膊小腿兒，死了。小男孩又一次夢到了星星開展的神聖世界，排成長列的天使和走上金光大道的人們，天使用喜悅的目光注視著人們的面龐。

　　他的天使姐姐向天使長問道：「我的弟弟來了嗎？」

　　天使長回答：「來了，但不是那個弟弟，而是另一個。」

　　當小男孩看到天使弟弟躺在天使姐姐的懷抱裡，不禁喊道：「噢，姐姐，我在這兒呢！帶我走吧！」

　　於是她回過身來，微笑著注視他。那顆星星在閃耀。

　　他漸漸長大，成爲一個年輕人。有一天，他正忙著伏案讀書，一位老僕人走了進來，對他說道：「您母親去世了。我帶來她對自己的愛子的祝福！」

　　夜裡，他再一次夢到星星，還有從前夢裡的天使和人們。他的天使姐姐向天使長問道：「我的弟弟來了嗎？」

　　天使長回答：「沒有，你的媽媽來了！」

　　一聲喜悅的驚呼響徹了星辰，因爲媽媽又和自己的兩個孩子重新團聚了。小男孩伸出雙臂，喊著：「噢，媽媽、

姐姐、弟弟，我在這兒呢！帶我走吧！」

　　他們回答：「現在還不行。」那顆星星在閃耀。

　　漸漸地，他步入中年，點點灰白慢慢爬上他的髮際。一天，他心情沉重地坐在爐邊的安樂椅上，漣漣淚水濡溼了他哀傷的面龐，這時，星星再一次敞開它的大門。

　　他的天使姐姐向天使長問道：「我的弟弟來了嗎？」

　　天使長回答：「沒有，但是他那沒有出嫁的女兒來了。」

　　於是，這個曾經是小男孩的中年人看到了自己剛剛失去的女兒，一個天國中的生靈，在三位親人中間。他喃喃地說：「我女兒的頭依偎在我姐姐的胸前，她的胳膊環在我母親的脖子上，她的腳旁是她的嬰兒叔叔。我能夠忍受與她別離了，讚美上帝！」

　　那顆星星在閃耀。

　　就這樣，小男孩成為一位年邁的老人，他那曾經光滑的面龐如今布滿了皺紋，步履遲緩而無力，背也駝了。一天晚上，他躺在床上，周圍站著他的孩子，他大喊了一聲，就像他很久很久以前那樣大聲喊道：「我看見星星了！」

　　孩子們互相低語：「他快不行了！」

　　他說道：「是的。我的壽數就要到了，就像一件滑落

的外衣馬上就要離我而去了，我就要作為一個孩子走向那顆星星。哦，我的主啊，現在我要感謝您，感謝那顆星星常常敞開，收留了那些等待我的親人！」

那顆星星在閃耀；直到今天，它仍然閃耀在他的墳墓上方。

| 作者簡介 |

查爾斯・狄更斯 (Charles Dickens, 1812-1870)，維多利亞時代英國最偉大的作家，也是一位以反映現實生活見長的作家。他的作品在其有生之年就已享有空前的名聲，在二十世紀時也受到評論家和學者廣泛的認可。狄更斯的小說和短篇故事，迄今仍持續廣為流行。

｜悅讀分享｜

　　這是一個相信宇宙與人和諧如一的故事；這是一個天人交感，心中充滿愛與平和的故事；這是一個人生總是虐待我，我仍愛人生的故事。星星明亮高潔，是神祕夢想等人生期望的表徵，逝去的親人和自己的輪迴都因星星而產生交集，這是作者此生的感情昇華，一切離別痛苦因看透世間的睿智而化爲平靜和感恩，即使失去一切，他還是個快樂的孩子，還有星星，還有夢。

　　狄更斯另一篇作品〈孩子的故事〉(The Child's Story)是 1852 年的作品，被歸在《聖誕短篇故事集》（Christmas Short Stories）類裡。內容與此篇頗爲相近，故事主題也是「人生」。作者在故事中安排了旅行者這個角色，有穿針引線的作用，將整個旅途中所遇到的人們串連在一起，而整篇故事很明顯可看出作者要談的就是「生命過程」，即「人生」。幾乎我們每個人都會經歷旅行者所遇到那些人的生命階段：孩子、少年、年輕人、中年人和老者。這故事讓任何年齡的讀者，都看見了自己一生的輪廓。

懸崖上的殺手

〔英國〕 威廉·薩默塞特·毛姆

「出什麼事了，爸爸？」男孩被聲音吵醒了，問道。他跑出屋去，看見他爸爸手抓著步槍站在臺階上。

「孩子，是丁格犬，一定是牠咬死了我們的羊。」

夜晚的寂靜被丁格犬（一種澳洲野狗）刺耳的嚎叫聲劃破了。嚎叫聲是從離屋子大約四分之一英里遠的懸崖上傳來的。

孩子的父親舉起步槍，朝懸崖的方向開了幾槍。「這應該會把牠嚇跑。」他說。

第二天早晨，孩子騎馬出去，沿著舊石崖慢慢騎著，尋找野狗的足跡。突然，他發現了牠──

牠平躺在從峭壁上一棵樹伸長出去的分枝上。牠一定是在夜晚的追逐中從懸崖上摔下來的，當牠摔下來時正好掉在樹枝上，樹下是六十英尺深的懸崖。這隻野狗被困住了，男孩連忙跑回家告訴父親。

「爸爸，你打算開槍打死牠嗎？」當他們返回懸崖時男孩問道。

「我正想如此，牠在那兒只會餓死。」他舉起步槍瞄準，男孩等待著射擊聲——但槍遲遲沒有響起來，爸爸卻把槍放下了。

「你不打死牠嗎？」男孩問。

「現在不，兒子。」

「你要放了牠？」

「我不會放的。」

「那你幹嗎不開槍打死牠？」

「只是似乎不公平。」

第二天，他們騎馬外出，野狗還在那兒。牠似乎在測算樹和懸崖頂的距離，也許牠會跳上去。男孩的爸爸仍沒有開槍。

到了第三天，野狗開始顯得瘦弱了。男孩的爸爸有點傷感地慢慢舉起步槍，他射擊了。男孩看向地面，期待看到野狗的屍體。當他發現地上什麼也沒有之後，他隨即抬頭朝樹上望去。

野狗還在那兒。他爸爸以前從未在這麼容易的射擊中失手過。

受到驚嚇的野狗挪回了牠的兩條腿。

「爸爸，牠要跳了，快，開槍！」

突然，野狗一躍而起。男孩看著，等著牠摔到崖下。相反的，只看到牠停在懸崖壁上，並在滑動的岩石上瘋狂地掙扎著，牠的後腿在往上踢。

「爸爸，快，」男孩催促道，「否則牠要跑了。」

他爸爸並沒有動。

野狗虛弱地爬上懸崖頂。他爸爸仍沒有舉起槍。野狗沿著懸崖邊跑遠了，慢慢地跑出了視線。

「你放了牠！」男孩叫道。

「是的，我放了牠。」爸爸回答。

「為什麼？」

「我想我心腸變軟了。」

「但讓一隻野狗跑了！在牠吃了所有的羊之後！」

他爸爸望著在微風中搖動的、空蕩蕩的樹，感慨的說：「孩子，有些事人們似乎就是不能那麼做。」

| 作者簡介 |

威廉‧薩默塞特‧毛姆（William Somerset Maugham, 1874-1965），英國現代小說家、劇作家。

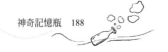

┃悅讀分享┃

　　男孩爸爸的對話簡單、蘊藉，反映了他對冷酷現實所作的理性思索，是他洞悉世情、參悟人生的必然產物。小說採用第三人稱客觀敘事，貌似不摻雜作者本人的主觀情感，卻藉男孩這一旁觀者的探詢、追問和催促，引出了他爸爸心中的想法，含蓄而又眞實地表現出父親的精神品格，使情節發展自然流暢。

　　本文運用了側面烘托的描寫技巧。末尾藉空蕩蕩的樹，烘托出主人公的心情輕鬆、如釋重負，因救活野狗、完成善舉而獲得極大的心理慰藉。前後對照來看，結尾與前文「牠平躺在從峭壁上一棵樹伸長出去的分枝上」也相照應。本文提出了一個如何尊重和善待世間生命的嚴肅問題；可自然引發一些關於人倫道德的聯想思考，啟發我們多一些寬容、仁慈，少一點偏狹、殘酷，最低限度也要與同類建立起和諧共存、友好相處的正常關係。

三隱士——
一個伏爾加地區的古老傳說
〔俄國〕列夫·托爾斯泰

你們禱告時，不可像外邦人，用許多重複話。他們以爲話多了，必蒙垂聽。你們不可效法他們，因爲你們沒有祈求之前，你們所需用的，你們的父早已知道了。（馬太福音 6：7-8）

有位主教從阿干折坐船到斯洛伏斯克修道院，同船還有一群朝聖者要去參觀那兒的聖龕。一路上風平浪靜，船行順暢。朝聖者在甲板上，或吃東西，或成群坐著聊天。主教也走上甲板，發現有一群人站在船首，正在聽漁夫說話，那漁夫一邊說話一邊手指著海上。主教止步，看著漁夫手指的方向。除了海面在陽光下閃爍外，什麼也看不到。他走近想聽，那人看到他來，立刻脫帽不講話。其他人也脫帽，向他鞠躬。

「各位朋友，打擾了，」主教說，「我來聽聽這位老兄講什麼。」

「這位漁夫正在告訴我們有關隱士的事。」有個商人回答，他的膽子顯然比較大。

「什麼隱士？」主教問，他走到船邊，找個箱子坐下。「告訴我，我想聽聽。你在指什麼？」

「那邊，從這裡就可以看到的小島，」漁夫回答，邊指前方稍右的方向。「那就是隱士住的島，爲了救贖他們的靈魂。」

「小島在那兒？我怎麼看不見。」主教問。

「那兒，在遠處。請你順著我手的方向看。看到那朵小雲沒？就在下面，稍微靠左邊一點，有個模糊的灰影，就是那座小島。」

主教很仔細的看，但除了在陽光下閃爍的海水，什麼也沒看到。

「我看不到，住在那裡的隱士到底是誰？」他說。

「他們是聖人，我早聽說了，可是一直沒機會見，直到前年才見到。」漁夫說。

漁夫提到他有次去捕魚，晚上他的船擱淺在那小島上。他當時不知道身處何地。早上在島上到處閒逛時，看

到一個泥土搭的小屋，有個老人站在屋旁。不久又有兩個人出來，他們拿食物給他吃，還幫他修船。

「他們長什麼樣？」主教問。

「有個人很矮，駝著背，穿教士僧袍，年紀恐怕有一百歲了，他老得連白鬍子都長綠斑了。他一直微笑著，面容像天使一般。第二個人比較高，但也是很老了，穿著像農夫穿的破舊外套。他蓄著黃灰色的大鬍子，面容和善。他很強壯，我還沒來得及反應，他就已經把我的船翻過來，好像翻一隻水桶似的。第三個人很高，鬍子白得像雪，長到膝蓋，他神態嚴肅，眉毛懸垂著，身上除了腰際裹著一件草裙，什麼也沒穿。」

「他們和你講話嗎？」主教問。

「大部分時候他們默默做事，彼此也很少交談。其中一人使個眼色，其他人就懂了。我問最高的那位，他們是否在這裡住很久了。他皺皺眉頭，口中喃喃自語好像生氣了，年紀最大那位握著他的手微笑，高個子就安靜了。最年長那位只說：『求主垂憐。』然後微笑著。」

漁夫敘述時，船已駛近那島。

「就是那兒，可以看清楚了，請主教看那裡。」商人邊說邊用手指著。

　　主教看著，果然有一條灰影，正是那個小島。他看了一會兒，離開船首，到船尾問舵手：

　　「那是什麼島？」

　　「那個島沒有名字，海上有很多這樣的島。」舵手回答。

　　「眞的有隱士住在島上，爲了他們靈魂的救贖？」

　　「有聽說，主教大人，但是我不知道是不是眞的。漁夫說他們看過，當然有可能只是隨便講講。」

　　「我想登島去看看。我可以怎麼去？」主教問。

　　「這艘船靠不了那個島，您可以划一艘小船上去。您最好跟船長說。」舵手回答。

　　船長被請了過來。

　　「我想去看那裡的隱士，可以找人划船上去嗎？」主教說。

　　船長想勸主教打消主意。

　　「當然，我可以找人划船，但是我們會損失不少時間。恕我大膽直言，那些老人不值得您跑這一趟。我聽說他們都是老糊塗，什麼也不懂，話也不會講，和海裡的魚差不多。」船長說。

　　「我想看看他們，我會付錢給你，彌補你損失的時間，

請弄條小船給我。」主教說。

　　這事沒得爭論。船長於是下令，修正船帆，航向小島。船首放張椅子給主教坐，他坐下，看著前方。乘客全聚集在船首，盯著那個島。眼力好的人可以看到岩石了，也看到泥屋。終於有個人看到隱士。船長用望遠鏡看了一會兒，把望遠鏡遞給主教。

　　「沒錯，有三個人站在岸上。那兒，在大岩石的右邊一點。」

　　主教拿了望遠鏡，調整好位置，看到三個人：一個高個子，一個矮一點，一個駝背矮個兒，站在岸上彼此握著手。

　　船長對主教說：「主教大人，船不能再靠近了，得請您移駕小船，我們要在這裡下錨。」

　　船員把纜繩拋出，下錨，捲起船帆。一陣拉扯，船身震動了一下。然後，一艘小船徐徐落下，一位槳手跳進小船。主教走上船梯，坐定後，槳手開始划槳，迅速朝小島駛去。他們距小島不遠時，看到那三個老人：一個高個子，腰間圍著一件草裙；一個較矮的老人穿著破舊的農夫外套；一個很老、駝背的人穿著舊僧袍。三個人手牽手站著。

　　槳手把船駛向岸邊，穩住船身，讓主教下船。

　　三個老人向主教鞠躬，主教給他們祝福，這時他們更深地鞠躬。主教開始對他們說話：

　　「我聽說你們三位虔誠的人住在這裡，想要拯救自己的靈魂，也為彼此向吾主基督禱告。我這個卑微的基督僕人，以天主恩典，受召來照護、教化祂的羊群。我來看望你們幾位天主的僕人，也會盡我的力量教導你們。」

　　三位老人微笑看著彼此，還是保持沉默。

　　「告訴我，你們怎麼拯救自己的靈魂，在這個島上如何侍奉天主？」主教問。

　　第二個隱士嘆口氣，看看最老的那位。後者說：

　　「我們不知道如何侍奉天主。我們只侍奉、供養我們自己，天主的僕人。」

　　「你們如何向天主祈禱？」主教問。

　　「我們這麼祈禱，三個你，三個我，求你垂憐。」隱士回答說。

　　老人這麼說時，三個人都仰望天，一起複誦：

　　「三個你，三個我，求你垂憐。」

　　主教笑了。

　　「你們一定是聽過三位一體，可是你們禱告的方式不對。虔誠的人，我真喜歡你們。我知道你們想取悅天主，

可是不知道怎麼侍奉祂。禱告不能這樣做。聽好，我來教你們。我教的不是我的方法，而是天主在《聖經》裡教世人要這麼向祂禱告。」主教說。

然後，主教開始向隱士解釋天主如何向世人顯現祂自己，告訴他們聖父，聖子，聖神三位一體。

「聖子到世間來拯救人，祂是這麼教我們禱告，聽好，跟著我唸：『我們在天之父』，」主教說。

第一個老人跟他唸：「我們在天之父」，第二個人也說：「我們在天之父」，第三個人也說：「我們在天之父」。

「願你的名被尊為聖，」主教繼續說。

第一個隱士複誦：「願你的名被尊為聖，」第二個人卻說錯了，使高個子隱士沒有辦法好好說。他的頭髮太長，弄到嘴巴使他說不清楚。最老的隱士因為沒有牙齒，講話也口齒不清。

主教重述一次，老人們再複誦一遍。主教坐在一塊石頭上，老人們站在他面前，看他的嘴，在他說話時重複他的話。一整天，主教很辛苦，一個字說上二十次、三十次、一百次，老人們跟著複誦。他們口齒不清，主教糾正他們，要他們再說。

主教一直把他們教到不僅會跟著唸《天主經》，他們

自己也會背誦，主教才離開。第二個隱士首先會自己複誦全部經文。主教要他一唸再唸，一直到其他兩人也會唸。

主教起身上船時，天色已晚，月亮從水面升起。他離開時，老人們跪伏在地上送他。他扶他們起來，親吻他們三個人，囑咐他們按照他教的那樣祈禱。然後他登上小船。

他坐在小船上，聽到隱士們大聲誦唸《天主經》。當小船駛近大船時，就不大能聽到他們的聲音了，但月光中仍能看到他們站在岸上，最矮的在中間，高個子在右邊，次高的在左邊。主教一登上大船後，船長立刻下令起錨。船帆開展，在海風的吹拂下，船駛離了。主教在船頭找個位子坐下，看著剛離開的小島。有一會兒，他還看得到三個隱士，不久就看不到人了，不過仍可以看到小島。最後，小島也看不到了，只有海水在月光下漾起陣陣漣漪。

朝聖者都躺下睡覺了，甲板上很寂靜。主教不想睡覺，自己坐在船頭，望著海水，小島已經看不到了。他想著那三個好老人，想到教會他們唸《天主經》的喜悅，也感謝天主派遣他去教導這幾個虔誠的人。

主教坐著，想著，看著海水，小島已經消失了。月光在他眼前閃爍著，這兒、那兒，映著海浪。突然他看到一道閃耀的白光，映在海上。是海鷗，還是小船的船帆呢？

主教定住眼睛看。

「一定是一艘跟著我們行駛的船，」他想。「它很快就要趕上我們。一分鐘前還很遠，現在已經很近了。不可能是船啊，沒有看見帆，不管是什麼，它跟著我們，很快要追上。」

他實在看不出是什麼。不是船，不是鳥，也不是魚！以人來說也太大了，何況人不可能在大海當中。主教站起來，對舵手說：

「老兄，你看那是什麼？是什麼？」主教不斷問著，雖然他已經看清楚是什麼了──三個隱士在海面上跑，發著白光，他們的灰鬍子閃爍著，很快就靠近船了，彷彿船根本沒有在動的樣子。

舵工看著，嚇得手都離了船舵。

「老天爺，隱士們在海上跑步追著我們，好像在陸地上。」

乘客們全都聽到了，紛紛湧到船頭。他們看到隱士牽著手過來，外側的兩個人不斷招手要船停下來。三個人腳沒有動，在水上滑行。船還沒停下來，隱士已趕上了船，揚起頭，三個人異口同聲的說：

「天主的僕人，我們忘記你的教導，我們一直複誦就

能記得，可是我們一停下來，就會落掉幾個字，現在都記不全了，請再教我們。」

主教在胸前劃一個十字聖號，倚著船邊說：

「你們自己的禱告會上達天主。不需要我來教你們。請為我們這些罪人禱告。」

主教向三位老人深深鞠躬，他們轉身，跨海而去。他們消失的那點，一直到黎明都有一道光。

| 作者簡介 |

列夫・托爾斯泰，詳參 143 頁〈孩子的力量〉作者簡介。

▌悅讀分享▐

托爾斯泰擅長書寫傳奇的宗教故事，是眾所公認的。〈三隱士〉一文傳達了他對宗教的繁文縟節的不以爲然。故事一開始，他就借用〈馬太福音〉第六章七八節經文表明他對祈禱的態度：「你們禱告，不可像外邦人，用許多重複話，他們以爲話多了必蒙垂聽。你們不可效法他們；因爲你們沒有祈求之前，你們所需用的，你們的父早已知道了。」

故事講述的是一位主教因爲聽說一座小島上有三位隱士在修行，所以特意去探訪。結果發現他們連基本的禱告方式都不會，因此傳授給他們正確的禱告方式，然後覺得自己又拯救了三個子民，於是極感欣慰自得的離開。不料三個高齡的隱士很快就忘記了他的教導，竟跨海踏波地追來再次請教，讓他恍然大悟，原來三人早已成聖。主教羞赧之餘，叫三人依舊使用自己的方式，像過去一樣禱告。

這個故事告訴我們，禱告心誠則靈，其實重要的不是形式，而是在於心誠。暗示人們無論貧賤或富貴，無知或淵博，平凡或卓越，都可以憑藉一顆眞誠善良的心，去接近上帝，獲得救贖。當然，「人在做，天在看」也是另一種詮釋。

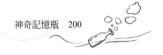

天堂與地獄的界線

佚名

一天，一個盲人帶著他的導盲犬過街時，一輛大卡車失去控制，直衝過來，盲人當場被撞死，他的導盲犬為了守衛主人，也慘死在車輪底下。

主人和狗一起到了天堂的大門前。

一位天使攔住他倆，為難地說：「對不起，現在天堂只剩下一個名額，你們兩個中必須有一個去地獄。」

主人一聽，連忙問：「我的狗又不知道什麼是天堂，什麼是地獄，能不能讓我來決定誰去天堂呢？」

天使鄙視地看了這個主人一眼，皺著眉頭，想了想，說：「很抱歉，先生，每一個靈魂都是平等的，你們要通過比賽來決定由誰上天堂。」

主人失望地問：「哦！什麼比賽呢？」

天使說：「這個比賽很簡單，就是賽跑，從這裡跑到天堂的大門，誰先到達目的地，誰就可以上天堂。不過，

你也別擔心，因為你已經死了，所以不再是瞎子，而且靈魂的速度跟肉體無關，越單純、善良的人，跑得速度越快。」

主人想了想，同意了。

天使讓主人和狗準備好，就宣布賽跑開始。她滿心以為主人為了進天堂，會拚命往前奔，誰知道主人一點也不忙，慢吞吞地往前走著。更令天使吃驚的是，那隻導盲犬也沒有奔跑，牠配合主人的步調在旁邊慢慢跟著，一步都不肯離開主人。天使恍然大悟：原來，多年來這隻導盲犬已經養成了習慣，永遠跟著主人行動，在主人的前方守護著他。可惡的主人，正是利用了這一點，才胸有成竹，穩操勝券，他只要在天堂門口叫他的狗停下就可以了。

天使看著這隻忠心耿耿的狗，心裡很難過，她大聲對狗說：「你已經為主人獻出了生命，現在，你這個主人不再是瞎子，你也不用領著他走路了，你快跑進天堂吧！」

可是，無論是主人還是他的狗，都像是沒有聽到天使的話似的，仍然慢吞吞地往前走，一副在街上散步的模樣。

果然，離終點還有幾步的時候，主人發出一聲口令，狗聽話地坐下了，天使用鄙夷的眼神看著主人。

這時，主人笑了，他轉過頭對天使說：「我終於把我

的狗送到天堂了，我最擔心的就是牠根本不想上天堂，只想跟我在一起……。所以我才想幫牠決定，請你好好照顧牠。」

天使愣住了。

主人留戀地看著自己的狗，又說：「能夠用比賽的方式來決定真是太好了，只要我再讓牠往前走幾步，牠就可以上天堂了。不過牠陪伴我那麼多年，這是我第一次可以用自己的眼睛看著牠，所以我忍不住想要慢慢地走，多看牠一會兒。如果可以的話，我真希望永遠看著牠走下去。不過天堂到了，那才是牠該去的地方，請你好好照顧牠。」

說完這些話，主人向狗發出前進的命令，就在狗到達終點的一刹那，主人像一片羽毛似的落向了地獄的方向。他的狗見了，急忙掉轉頭，追著主人狂奔。滿心懊悔的天使張開翅膀追過去，想要抓住導盲犬，不過那是世界上最純潔、善良的靈魂，速度遠比天堂所有的天使都快。

所以導盲犬又跟主人在一起了，即使是在地獄，導盲犬也永遠守護著牠的主人。

天使久久站在原地，喃喃說道：「我一開始就錯了，這兩個靈魂是一體的，他們不可能分開……」

▎悅讀分享▎

　　在現實的生活裡，導盲犬確實是盲人最好的助手、最忠心耿耿的好友，故事中這隻導盲犬亦是如此。牠緊隨主人身後，從未逾越本分，死後也一樣。即使主人疼惜牠，想盡辦法要讓愛犬獲得進入天堂的最後一個名額，牠也緊隨主人掉落地獄，讓在一旁監督他們的天使懊悔不已。

　　文中的天使雖然堅守規定，但態度也有點僵化。她對導盲犬最後與主人一起掉落地獄的結局深感懊惱，但已成事實，懊惱也沒用。相信這樣的衝擊可以改變人的處事態度。心胸寬容的人不會要求他人處處嚴守僵化的規定，以免造成無法挽救的後果。

火車上那位沉默的男孩

佚名

　　第一次看到他的時候，我感覺我們以前曾經在哪兒見過，但是，我卻不明白爲什麼我以前竟然就沒注意到他。

　　也許是因我正忙著構思著創作的小說，或是正沉浸在修潤某一行詩句的緣故。但是，我卻像往常一樣注意到其他的人——一些歪戴著帽子，斜垮著書包的學生們。不僅如此，我還聽到他們的笑聲和竊竊私語聲，感受到他們那被壓縮在這節狹小火車車廂裡旺盛的青春活力。

　　那一年，我住在英國。每天我都要乘坐火車來往於赫特福德郡和倫敦之間。這段路程每趟大約要花費一個小時的時間。每天早晨，都會有一群男孩子乘坐這趟火車去上學，大約要乘坐十五至二十分鐘的路程。我已經意識到他們的存在，但是，卻並沒有對他們給予太多的關注。開始的時候，他們似乎只是一個不起眼的吵吵嚷嚷的小斑點，並沒有引起人們過多的注意，車上其他的乘客彷彿也沒有

注意到他們似的，有的打瞌睡，有的望著窗外發呆，有的則埋頭專心的看報紙。

就這樣，終於有一天，我看到了他——一個瘦小的男孩子，他緊緊地裹在溫暖的衣服裡，抵禦著秋日鄉間逐漸寒冷的天氣。我立即就意識到我以前曾經不只一次地見過他，而且都是在同一個地方——我座位正對面的那個位子。

頓時，思緒從我正在構思的一首詩裡回轉過來，我抬起頭，微笑地看著他。而他呢，也許是見我看他的緣故，一雙烏溜溜的大眼睛撲閃著，流露著羞怯（我是這麼想的），然後，把頭轉向車窗，在剩下的旅程裡，他就這樣一直望著窗外。

第二天，當我上火車之後，竟然不由自主地向我對面的座位上看去，他還沒來。這時，我才發覺自己竟然是那麼期待他登上這趟火車。最終他還是和大家一起來了，雖然他被環繞在同伴中間，但是卻顯得與眾不同，格格不入。他似乎沉浸在自己獨特的世界裡——一個孤獨、寂靜的世界裡，至少我冷眼看去是這麼回事。其他的學生們則互相推擠、嬉鬧著。然而，當他們注意到他走過來的時候，對他的態度卻變得彬彬有禮起來，不過，沒有人和他說話。

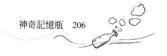

他從容不迫地徑直走向他平時坐的那個座位。而我則一直看著他。

「嗨，你好，」我熱情地向他打招呼，「我一直都在這兒等你。」

此刻，他撲閃著那雙有著長長睫毛的大眼睛，一動不動地看著我，目光中充滿震驚。他就這麼驚訝地凝視著我，沒多久，這張小臉轉頭過去，目不轉睛地望著窗外，直到他要下車的時候。然後，像往常一樣，他默默地跟著其他那些下車的學生一起消失在我的視線之外。

其實，那天早晨在我上火車之前，我就已經感覺到我會被拒絕。而就在這兩天裡，因為老想著這個小男孩的緣故，我甚至感到我已沒有靈感來進行寫作了。現在，我是真的被拒絕了，完完全全地被這個坐在我對面的小男孩拒絕了。噢，這是多麼痛苦啊！我不得不停止構思我的詩句，因為我知道，在剩下的旅程裡，再也不會有什麼靈感飛臨我的腦海了，同時，我也開始感到我們之間可能再也不會有什麼事發生了。

在接下來的幾天裡，我仍舊像那天一樣主動和那個小男孩說話，但是我卻從沒有聽過他發出隻言片語。我簡直無法理解他為什麼會這樣對我。他不僅讓我覺得非常神

祕，而且也讓我感到憂心忡忡。終於，有一天，當我向他打招呼的時候，我得到他的一點回應──他向我擺了擺那瘦弱的小手，然後，就又轉過頭去，目不轉睛地望著窗外。

一天早晨，我買了一些包裝精美的糖果，準備作為禮物送給他。當他坐在座位上的時候，我拿出那些糖果遞給他。

「嗨，」我微笑地看著他說，「你看我給你帶來了什麼？」

他雖然沒有說出聲音，但是，從他的嘴部形狀來看，他傳達了驚喜地「哦」了一聲。他怯生生地抬起一隻戴著手套的手，緩緩地伸向我送給他的禮物。但是，突然，他又猛地把手縮了回去，像往常一樣向我擺擺手致意。然後，就又轉過頭去，目不轉睛地望著窗外。

我感到驚愕不已。於是，我走到他的身邊，輕輕地把糖果放進他外套的口袋裡。他緩緩地轉過頭，面向著我，小手輕輕地拍了拍口袋。他那雙大眼睛迷惑不解地看著我，好一會兒，才再次轉過頭去，凝望窗外。

他究竟是怎麼了？而我又是怎麼了？為什麼我始終接近不了他？為什麼他始終不願意和我說話？而這些對我難道非常重要嗎？噢，是的，是的，這對我太重要了，簡直

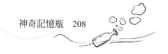

就是重要極了。我非常想和他說話，非常想和他成為朋友。

從那以後，這個瘦弱、沉默又神祕的小男孩，始終縈繞在我的腦海裡，揮之不去。每天早晨，當其他那些學生上火車的時候，都會友好地向我打招呼。他們的年齡看上去大概在七到十四歲之間。而這個瘦弱的小男孩仍舊像以往那樣，僅僅是深深地凝視著我，向我輕輕地擺擺手，然後就迅速地扭轉頭去，凝望著窗外了。他的年齡最大不會超過七歲，但是，他那雙大大的、富於表情的眼睛，卻又顯示著他的與眾不同。

日子就這樣一天天地過去了。很快，放假的季節到了，火車上也安靜下來了。當學校放假的時候，火車上就再也見不到那些學生的身影了。我非常想念那個沉默的男孩，我經常會想起他。

在聖誕節的前一天，我早早地離開了辦公室，準備登上火車回鄉下去，而我的思緒早就隨著聖誕節的氣息飄得很遠很遠了。火車上熙熙攘攘，人頭攢動，在這擁擠的車廂裡，我寧願和我的思緒一起飄向遠方，也不願在這摩肩接踵的人群裡穿梭，直到我沿著車廂中間的通道擠過人群，並且在習慣的力量的驅使下，來到那個我平時所坐的座位旁。

　　我坐了下來，拿出隨身攜帶的書看了起來。車廂裡比平時更加擁擠。在我的對面坐著一個中年男子，他帶著一大袋裝飾著緞帶的聖誕禮物。

　　不由自主地，我又想起了那個小男孩，因爲當我抬起頭看見坐在我對面的這個男子的時候，我感到相當震驚。這時候，有人擠進我旁邊的座位，不過我沒有抬頭。

　　當夜幕降臨的時候，窗外下起了濃霧，車廂裡亮起了燈。這時，我從書中抬起了眼睛，向窗外望去。突然，我從車窗玻璃中看到了一張熟悉的小臉，而且，他就坐在我的旁邊。我的心頭一陣驚喜，正是那個瘦弱、沉默的小男孩！此刻，他正和一位容顏憔悴的婦女坐在一起，我想可能是他的媽媽。我對著玻璃中反射的映像笑了笑，然後轉過身看著他。

　　「你好！」再次見到他，我眞是高興極了。

　　「噢，別麻煩了，小姐，」這時，坐在他旁邊的那個婦人斜著身子，越過他對我說，「他聽不見，也不會說話！」她的身體幾乎傾到我身上了，而她也幾乎是在對我大聲地耳語了，「他是一個啞巴，難道你不知道嗎？」

　　我竭力克制著我的憤怒，否則，我眞的會給她狠狠一擊。我瞟都沒瞟她一眼，完全轉過身子，面對著小男孩，

並且伸手緊緊地抓住他的一雙小手。

　　「你好嗎？」我問道，「能再次見到你，我真是太高興了！」我兩手捧著他的小臉，激動地說：「聖誕快樂！祝你聖誕快樂！」我緩慢、清晰地說著每一個字，希望藉著我的口型讓他「讀懂」我的話。

　　這時，他使勁地扭動著身體，向我這邊移過來。我連忙伸出雙臂想制止他。但是，他非但不予理會，而且還爬上了我的大腿，坐在上面，並且伸出一隻手，撐在車窗的邊緣上。

　　我不知道他想做什麼，只能滿腹狐疑地靜靜地看著他。

　　只見他又抬起另一隻手，伸出食指，緩慢地在那滿是水蒸氣的車窗上，寫下三個醒目的大字：「我愛你」。

▌悅讀分享▌

作家一向對周遭的人事物充滿好奇，嘗試將它們轉化為感人的故事情節。本文的作者即使坐在通勤的火車上，也不忘睜眼細察。她發覺這個男孩從不參與其他孩子的打鬧，總是一個人安安靜靜坐在窗邊，跟他打招呼，極少回應，一直看著窗外。作者設置懸念，讓好奇的讀者隨著她的巧筆繼續讀下去。

故事將近尾聲時，「我」再次見到「那個瘦弱、沉默的小男孩」時，忍不住跟他說聲「你好」，沒想到他身旁的那位婦人卻說：「噢，別麻煩了，小姐，他聽不見，也不會說話！他是一個啞巴！」「我」當時的反應可以理解，但小男孩的回應才是最高潮，他「爬上了我的大腿，坐在上面……伸出食指……寫下三個醒目的大字：『我愛你』」。

讀到這兒，或許我們會遽下結論：「那個男孩是一個善良、溫柔、懂事的孩子，而他的媽媽則是個沒耐心的人。」但如果換個角度來替那位婦人設想，也許會對她深表同情。家中有位殘疾的孩子，且不論長期照護之不易，還得經常面對歧視的目光，她一時的反應是值得讓我們深思的。

鐵匠

〔法國〕 埃米爾·左拉

　　鐵匠身材高大，當地沒人能比。他肩胛高聳，臉和手臂被爐子飛出的火星和鎚下的鐵屑染黑。在他那張方臉上，又亂又密的頭髮下，有一雙孩子般的眼睛，又大又藍，明亮有如鋼鐵的閃光。他下巴寬闊，笑起來如同他的風箱，聲震屋瓦。當他強有力的揚起胳膊的時候，他五十歲的年紀和那舉起重達二十五斤的鐵鎚相比，似乎算不得什麼。這把鎚子，他叫它作「小姐」，是個令人望而生畏的姑娘，從韋爾農到盧昂，只有他一個人能舞得動她。

　　我在鐵匠家裡住了一年，整整一年，終於得以恢復健康。本來我失去了喜怒哀樂，失去了思想。我茫然不知所措，只想給自己找一個平靜的一隅，在那裡，我可以工作，可以恢復我的精力。一天晚上，我正在路上，已經走過了村子，我遠遠望見了那個火焰熊熊的鐵匠鋪，它孤零零地斜立在十字路口。門大敞著，火光照得交叉路口一片通紅，

連對面小溪旁的一排白楊樹也如同火炬般地燃燒著。在靜謐的暮色中，從兩公里外的遠處，傳來有節奏的鐵鎚聲，頗像一支愈來愈近的軍隊馬蹄聲。我走過去，在敞開的門中站住，被一片光明、雷鳴般的響聲包圍。看到這樣的工作，看著人的手把燒紅的鐵棍彎曲、拉直，我好欣喜，感覺內心已經有了一股力量。

那個秋日的晚上，是我第一次看見鐵匠。他正在打製一個犁頭。他敞著襯衫，露出粗壯的胸膛，隨著每一次呼吸，他那如金屬般結實的肋骨骨架便清晰可見。他身向後仰，猛地一使勁，把鎚子打下去。他不停地打著，身體柔軟而連續地晃動著，肌肉繃得緊緊的。鐵鎚循著固定的路線上下飛舞，夾帶著火星，身後留下一道閃光。鐵匠用兩隻手舞動著「小姐」，而他的兒子，一個二十歲的小伙子，鉗子頭上夾著一塊燒紅的鐵，也在打著，他打出的聲音很沉悶，全被他父親那可怕的姑娘喧囂的舞蹈聲蓋住了。「噹、噹──噹、噹」，好像是一位母親在用莊嚴的聲音鼓勵孩子牙牙學語。「小姐」舞著，搖著她裙衣上的金片，每當她從鐵砧上跳起來的時候，她的腿根便在她所打造的犁頭上印出一道痕跡。一條血樣的火焰直沖到地，照亮了兩個打鐵人的顴骨，他們長長的身影一直延伸到鐵匠鋪黑

暗的角落裡。漸漸地，爐火變白了，鐵匠停下手來。他滿臉漆黑，依著鎚柄站著，甚至沒有擦擦他臉上淋漓的汗水。他的兒子用一隻手慢慢地拉著風箱，在風箱的轟鳴聲中，我見他兩肋依然上下起伏著，發出大力的喘息聲。

　　晚上，我睡在鐵匠那兒，我不再走了。鋪子的樓上有一間空房，他把那房間給我用，我也就接受了。清晨五點，天還沒亮，我便被捲入鐵匠的工作中了。我被那座房子上上下下的笑聲喚醒，它從早到晚總是熱熱鬧鬧的，充滿歡樂。在我的底下，鐵鎚飛舞。我彷彿是被「小姐」從床上扔了下來，她敲動天花板，喚醒我這懶惰蟲。那間簡陋的屋子，從大衣櫥、松木桌到那兩把椅子，全被震得亂響，就像是在向我呼喊快點起床下樓去。到了樓下，我看見爐子已經燒紅，風箱響著，一股蔚藍和玫瑰色的火焰從煤上升起，風助火勢，爐火宛如星光閃爍。鐵匠在準備一天的工作了。他把鐵放在角落裡，翻著犁和車輪。看見我，他把雙手扠在腰上，這個好人，他笑了，大嘴直咧到耳根。看見我五點鐘就被趕下床來，他高興極了。我看他是為敲而敲，早晨，他用他的鐵鎚做了一個奇特的報時鐘，催人起床。他把兩隻大手放在我的肩上，俯下身來，好像是在對一個孩子說話。他對我說，自從我住在他的廢鐵之中以

後，我看起來好多了。每天我們都坐在一輛翻倒的拉車後方，一起喝白葡萄酒。

鐵匠從不叫苦。他一天工作十四個鐘頭，接連打上幾天，到晚上還是很開心地笑著，同時用滿意的神色撫摸著胳膊。他從不悲哀，也不厭倦。我想即使房子倒了，他也能用雙肩把它頂起來。冬天，他說他的鐵匠鋪很暖和；夏天，他把門大開著，讓乾草的味兒飄過來。當夏天來的時候，傍晚我會與他坐在門前乘涼。屋子是位在山坡上，整個峽谷在我們眼前一覽無遺。平坦廣闊的田野消失在淡紫色的暮靄中。他看著這景象，流露滿足的神情。

鐵匠經常半真半假地說他是這片土地的主人，兩百多年以來，這個地方用的犁都是鐵匠鋪提供的，這是他的驕傲。沒有他，什麼莊稼也不能栽。田野年復一年在五月變綠、六月變黃，全是因為他出了力。他愛莊稼，像愛自己的兒女，看到火熱的太陽出來了，他就興高采烈，遇到下冰雹，他就伸出拳頭詛咒那些烏雲。他經常指給我看遠處某一塊沒有脊背寬的土地，告訴我說他某年打造了一部犁給那塊燕麥地和黑麥地使用。到耕地的季節，他時常扔下鎚子，走到路邊，手搭涼篷看著。他看著無數他造的犁正在開墾土地，劃出田壟，正面，左面，然後右面，直到整

個峽谷。牲口拉著犁，緩慢地向前走著，好像行進中的隊伍。犁頭在陽光下發出銀色的閃光，而他，揚起胳膊，叫我過去看那地耕得有多好！

　　每日聽著樓下叮叮噹噹的聲響，使我的身體也被打了鐵，比吃藥還有效。我已經習慣這種聲音了，為了確信我在生活，我需要鐵鎚打在鐵砧上的音樂。我的房間由於風箱的轟鳴而充滿活力，我在那裡重獲我的思想。「噹、噹──噹、噹」，這聲音猶如一個快樂的鐘擺，規律了我的作息。到最緊張的時刻，當鐵匠發起火來，我聽到那燒紅的鐵在他狠命擊打的鐵鎚下，發出斷裂的聲音的時候，我便激奮起來，腕間感到有一種巨大的力量，我真恨不得一筆把世界抹平。然後，當打鐵爐平靜下來的時候，我的腦子裡也回歸沉寂。我走下樓去，看到那些被征服的鐵依然冒著青煙，我為自己感到羞愧。我時常在炎熱的下午看著鐵匠，他是何等地健美！那裸露的上身，那突出而結實的肌肉，使他像米開朗基羅的一個拔山蓋世的偉大雕塑。看著他，我發現了藝術家們在希臘的死人身上艱難尋找著的現代雕塑的線條。他在我的眼裡，是因勞動而顯得高大的英雄，是我們這一代永不疲倦的人子，他在鐵砧上千錘百鍊著我們使用的武器，他用火與鐵鍛造著未來的社會。

他以自己的鐵鎚為樂。當他想笑的時候，他便掄起「小姐」使勁地打著。

於是，隨著爐子呼出的玫瑰色的氣息，他的鋪子便響起陣陣雷鳴。我似乎聽到了勞動者的呼吸聲。

就在那兒，在鐵匠鋪裡，在鐵犁之間，我完全治好了我的懶惰病和憂鬱症。

| 作者簡介 |

埃米爾‧左拉（Émile Zola, 1840-1902），十九世紀法國最重要的作家之一，自然主義文學的代表人物，亦是法國自由主義政治運動的重要角色。

悦讀分享

　　小說敘述「我」留在鐵匠家的經過，抒寫了鐵匠生活的世界，具真實感。「我」在鐵匠家整整住了一年，因為被這裡的一切吸引了，緊張的勞作、美麗的風光，都有別於都市。小說中的「小姐」被賦予了神奇的魅力，象徵著勞動的美好，襯托出鐵匠的高大形象。小說巧妙地將兩種人的生活態度展現出來，有意呈現現代文明與傳統文明下，人們心態上的對比，深化了主旨。

　　第一處寫鐵鎚敲打聲，強調鐵匠熟練的技藝，渲染打鐵時的熱烈氛圍，展現勞作的美好場景。第二處再寫鐵鎚敲打聲，說明「我」深受感染，重新振作，燃起生活的勇氣。這兩次描寫，層層深入的寫出「我」的體驗和感受在情節上，兩次寫「噹、噹──噹、噹」，前後呼應，使文章結構更加完整。鐵匠的生活代表的是簡單、純樸的傳統文明。「我」象徵受現代文明洗禮的一類人。小說藉讚美鐵匠，表達了對勞動的熱愛，呼喚追求生活本真。堅信現代病是可以治癒的，只要不忘初心、本分地勞動，必將收穫未來。

幸福的籃子

〔俄國〕 尤里婭·沃茲涅先斯卡婭

　　有段時間，我極度抑鬱，幾乎不能自拔。我懷疑一切，對所有的事都看不順眼。我想逃避這個世界，我甚至懷疑這個世上還有沒有「幸福」這個詞語。

　　有一天，我路過一家半地下室式的餐館，見一位美麗無比的婦人正踏著臺階上來──太美了，簡直是拉斐爾聖母像的再版！我不知不覺地放慢了腳步，凝視著她的臉──因為起初我只看得到她的臉。但當她走出來時，我才發現她矮得像個侏儒，而且還駝背。

　　我不覺垂下眼，轉身快步離開。我羞愧萬分，我對自己說：尤里婭，你四肢健全，相貌也不錯，怎麼能整天這樣萎靡不振呢？打起精神來！那位可憐的婦人才是真正不幸的人哪！

　　我永遠也忘不了那位長得像聖母一般的婦人。每當我怨天尤人，或者憂愁悲傷的時候，她便出現在我的腦海裡。

　　我是這樣學會了讓自己不再自怨自艾。而如何使自己幸福愉快，卻是從另一位老太太學來的。那段奇遇以後，雖然我仍會陷入煩惱，但我已知道如何克服這種情緒了。

　　那天，我覺得內心彷彿被大石頭堵住，沉甸甸的，憂鬱與悲傷籠罩著我，一直開朗不起來。於是，我便去公園散心，想借助大自然，舒散一下內心的煩憂。我順便帶了一條快要完工的刺繡桌布，好在那兒打發時間。我穿上一件簡單樸素的連衣裙，把頭髮在腦後隨便梳了一條大辮子。反正只是去散心，又不是參加舞會。

　　我走在公園的小路上，風很大，樹葉被吹得沙沙作響，滿地的黃葉，讓人感到無限淒涼。我承受不住這種窒息般沉悶憂傷的氛圍，於是，我急急逃離這條小路，登上山坡，在一個金黃色的小亭子下，找個空位坐下來。我拿出那條刺繡桌布，開始繡花。繡花是我打發時光的唯一方式，我渴望在一針一線中，將我的生活縫起來，將我的生命打包並密密實實地裹起來。時光在穿針引線中漸漸溜走，直至夕陽拉長了我的影子，但我的心情並沒有平靜，我依舊感到滿腹憂愁，於是我準備回家。這時，坐在對面的一個老太太起身朝我走來。

　　「如果你不趕時間的話，我可以坐在這兒跟你聊聊

嗎？」她說。

「嗯，聊什麼呢？」我望著她，內心有一種本能的遲疑和拒絕。

她在我身邊坐下，面帶微笑地望著我說：「你知道嗎？我看著你好長時間了，真覺得是一種享受，現在像你這樣的可真不多見。」

「什麼不多見？」

「你這一切！在現代化的大都市，能看到柔和的陽光下，一位梳著長辮子、秀麗的女孩子，穿一身樸素的白色衣裙，坐在這兒繡花！再也想像不到這樣美好的景象了！我要把它珍藏在我的幸福籃子裡。」

「什麼幸福籃子？」

「這是個祕密。不過我還是想告訴你，你希望自己幸福嗎？」

「當然希望，可是，我沒有幸福……」

「孩子，每個人都有自己的幸福。只是，不是所有人都懂得怎樣才能幸福。我給你說一說吧，算是給你的回饋。孩子，幸福並不是成功、運氣，也不只是愛情。你這麼年輕，也許會認為愛就是幸福，其實不全是這樣。」

老太太臉上始終洋溢著笑容：「當我坐在椅子上，看

到對面一位漂亮的女孩在聚精會神地繡花，我感到：這個情景真美！所以我把這個時刻記在心裡，為了以後能一遍遍地回憶，我把它裝進我的幸福籃子裡。這個籃子裡，有很多這樣的時刻，它們就像一粒粒珍珠，發著溫潤的光芒，腦子裡的陰暗會被這亮光趕走，你就會相信每個日子都是亮閃閃的。每當我沮喪時，我就打開籃子，將裡面晶瑩剔透的珍珠拿出來，細細品味一番。其中會有個我取名為『白衣女孩在繡花』的時刻。想到時，那美好的情景便會立即重現。我將會憶起，在茂密的綠葉與潔白的雕塑下，有位女孩正在聚精會神地繡花。我會想起陽光穿透椴樹的枝葉灑在你的衣裙上；你的辮子從椅子後面垂下來，幾乎觸到地面；你的涼鞋有點磨腳，所以你脫下涼鞋，赤著腳，腳趾頭還朝裡彎著，因為地面有點涼。我也許還會想起更多一些此時我還沒有想到的細節……」

在老太太描繪「白衣女孩在繡花」的時刻，我心裡出現了一抹暖色……

「太奇妙了！」我驚呼起來，「一個裝滿幸福時刻的籃子！您一生都在收集幸福嗎？」

「是的！遺忘生活中醜惡的東西，而把美好的東西長留在記憶中。但這樣的記憶需要經過訓練才行，所以我就

發明了這個心中的幸福籃子。」

　　我向這位老太太道了謝，朝家裡走去。回家的路上我開始回憶童年以來的幸福時光，我發現，原來，在我的生命中，竟然也有這麼多的珍珠！只是，這些珍珠都被厚厚的灰塵蒙住了，讓我看不到它們的光澤。現在，拂去灰塵，晶瑩的光芒照亮了我的心中，我感受到無比的快樂！

　　我往我的「幸福籃子」裡投入了一顆最閃耀的珍珠！

| 作者簡介 |

尤里婭・沃茲涅先斯卡婭，俄國人，生平不詳。

┃悅讀分享┃

　　作者藉由言談和動作來描繪老太太的形象。她為人慈祥、溫柔善良、積極樂觀；學會發現美，珍藏美；並有一顆善於發現生活中幸福美好快樂的心。她讓作者領悟到，在生活中，我們應該善於發現生活中的美好，記憶生活中的每一刻幸福，積極樂觀地去面對生活。

　　另外，作者用字遣詞相當講究。在「我渴望在一針一線中，將我的生活縫起來」這句中，「縫」是動詞，原意是指把損壞的衣物縫補起來，在文中則指把自己的生活包裹，不願讓別人看到。在這裡「縫」字把情感由虛化實，形象生動地寫出自己對生活的失望。其次，她把美好的回憶比喻為珍珠，化抽象為具體，形容它的珍貴、充滿光亮，體現了作者重新對生活充滿信心和希望。

試驗

思想何其奧妙，它帶來夢想、幻想與理想；
它讓人渴望長生不老、穿越古今、往來寰宇；
它讓人廢寢忘食、迷惑正途、如瘋似癲；
世界因著種種創意與試驗，展現千姿萬貌！

大師的由來

〔法國〕 安德列‧莫洛亞

　　畫家比埃‧杜什正在收尾，就要畫完那張藥罐裡插著花枝、盤中盛著茄子的靜物寫生。這時，小說家葛雷茲走進畫室，看他朋友這麼畫了幾分鐘，大聲嚷道：「不行！」

　　那位正在描一顆茄子的畫家，驚愕之下抬起頭來，停住不畫了。「不行！」葛雷茲又嚷道，「不行！這種畫法，永遠不會有出頭之日。你有巧思，有才能，為人正派，可是你的畫風平淡無奇。老兄，一場畫展五千幅畫，把觀眾看得迷迷糊糊，憑什麼可以讓他們停下步來，流連在閣下的大作之前？……不行的，比埃‧杜什，這樣永遠成不了名。太可惜了！」

　　「為什麼？」正直的杜什嘆了口氣，「我看什麼就畫什麼，盡量把內心的感受表現出來。」

　　「話是不錯，可憐的朋友。你有家室之累，老兄，一個老婆加三個孩子，他們每人每天要三千卡路里熱量。而

作品比買主多，蠢貨比行家多。沒成名的，不走運的，成千上萬，你想想，怎樣才能出人頭地？」

「靠苦功，靠眞誠。」

「咱們說正經的。那些蠢貨，想刺激他們一下，比埃·杜什，非得幹些超乎尋常的事，像是宣布你要到北極去作畫啦，上街穿得像埃及法老一樣啦，開創一個畫派啦，諸如此類。把『體現』、『衝動』、『潛意識』、『抽象畫』等專門術語一股腦兒攪在一起，炮製幾篇宣言。否認存在什麼動態或靜態、白色或黑色、圓形或方形；或是發展出只用紅、黃兩色作畫，再自稱是新荷馬派繪畫啦；或者拋出什麼圓錐形繪畫、八邊形繪畫、四度空間繪畫等等。」

這時，飄來一縷奇妙幽微的清香，宣告高司涅夫斯卡夫人的到來。這是一位美豔的波蘭女子，她那深紫色的眼睛使比埃·杜什讚賞不已。她訂有幾份名貴的雜誌，這些刊物都不惜工本精印三歲孩童的傑作，就是找不到老實人杜什的大名，也瞧不起杜什的畫。她坐下來把腿擱在長沙發上，瞅了一眼畫布，又甩了一下金黃色的秀髮，嬌嗔的笑一笑說：

「昨天，我看了個展覽，」她的嗓音珠圓玉潤，柔婉嬌媚，「那是關於全盛時期的黑人藝術。噢！何等的藝術

敏感！何等的造型美！何等的表現力！」

　　畫家送上一張自己頗感得意的肖像畫，請她鑑賞。「還可以。」她用舌尖輕輕吐出三個字。之後，她略顯失望的、嬌媚的，留下一縷清香，走了。

　　比埃・杜什抓起調色板，朝屋角扔去，頹然坐倒在沙發上。他說：「我寧可去保險公司跑腿，當銀行職員、站崗的警察。畫畫這一行，簡直沒什麼天理，走紅的全是畫匠！那些評論家，有什麼本事！只會一味提倡怪誕的創新。我領教夠了，不幹了！」

　　葛雷茲聽畢，點上一支菸，想了半天。最後說道：

　　「你能不能這樣做，向高司涅夫斯卡夫人，向其他的人鄭重其事地宣布，這十年來，你一直著意於革新畫法？」

　　「你聽著，我來寫兩篇文章，登在顯著的位置，告訴知識界的名流，比埃・杜什開創了一個意識分解畫派。在你之前，所有肖像畫家，出於無知，都致力於研究人物的面目表情，這真是愚不可及！真正能體現一個人的，是他在我們心中喚起的意念。因此，畫一位上校，就應以天藍和金黃兩色作底，打上五道粗槓，這個角上畫匹馬，那個角上畫些勳綬。實業家的肖像，就用工廠的煙囪，緊握的拳頭打在桌上來表現。比埃・杜什，就得拿這些去展示，

懂嗎？這種肖像分解畫，一個月裡你能不能替我炮製二十幅出來？」

畫家慘然一笑，答道：「一小時裡都畫得出。可悲的是，葛雷茲，換了別人，大可藉此發跡呢！」

「但是，何妨一試？」

「我不會胡說八道。」

「那好辦，老兄。有人向你請教，你就不慌不忙，點上菸斗，朝他臉上噴一口菸，來上這麼一句『難道你，從來沒看過江流水湧嗎？』」葛雷茲說，「這樣，人家會覺得你很高明。你等著讓他們發現、介紹、吹捧吧！到時候，咱們再來談這樁趣事，拿他們取笑一番！」

兩個月後，杜什畫展的預展，在勝利聲中結束。美麗的高司涅夫斯卡夫人，那麼柔婉嬌媚、香氣襲人，她跟在新近的名人旁，寸步不離。「噢，」她又再一次驚嘆地說，「何等的藝術敏感！何等的造型美！何等的表現力！哎，親愛的，真是驚人之筆，你是怎麼畫出來的？」

畫家略頓一頓，點上菸斗，噴出一口濃菸，說道：「難道你，夫人，從來沒看過江流水湧嗎？」

波蘭美女感動之下，微啓朱脣，露出柔媚的微笑。

風采翩翩的史特隆斯基，穿著兔皮領外套，在人群中

議論著：「眞高明！眞高明！但是，告訴我，杜什，你從什麼地方得到靈感的？是得之於敵人的文章嗎？」

比埃・杜什吟哦半晌，洋洋得意地朝他噴了口菸道：「難道你，老朋友，從來沒看過江流水湧嗎？」

「妙哉！妙哉！」那一位點頭讚嘆道。

這時，一位有名的畫商，在畫室裡轉了一圈，抓住畫家的袖子把他拉到牆角，說道：「好傢伙，眞有你的！這下，可打響了！這些作品，我統統包下了。跟你說，你不要改變畫風，我每年向你買進五十幅畫……行不行？」

杜什的表情卻像謎一樣地不可捉摸，只顧吸菸，不予理會。畫室裡的人慢慢走空，等最後一位觀眾離去，葛雷茲把門關上，而樓梯上還傳來漸漸遠去的陣陣讚美聲。小說家興匆匆的看著畫家，把手往袋裡一插，「哎，老兄，」他說，「你信不信，他們全給你騙了？你聽到穿兔皮領那小子說什麼了嗎？還有那位波蘭美女？那三個俊俏的少女連連說：『創新！創新！』啊，比埃・杜什，我原以爲人類的愚蠢是深不可測的，殊不知更在我預料之外！」

他抑止不住狂笑起來。畫家皺皺眉頭，看他不住地笑，突然喝道：「蠢貨……」

「蠢貨？」小說家惱火了，「我剛開了一個絕妙的玩

笑，自從皮克西沃之後……」

　　畫家傲然環視那二十幅肖像分解畫，躊躇滿志，一字一頓地說：「是的，葛雷茲，你是蠢貨。這種畫自有某種新意……」

　　小說家打量著他的朋友，愣住了。

　　「眞高明！」他吼道，「杜什，你想想是誰讓你改弦更張，用新技法作畫的？」

　　這時，比埃‧杜什慢條斯理地用菸斗吸了一大口菸。

　　「難道你，」他答道，「從來沒看過江流水湧嗎？」

│作者簡介│

安德列‧莫洛亞（André Maurois, 1885-1967）為法國兩次大戰之間登上文壇的重要作家，其著作涵蓋小說、歷史與傳記，尤其以傳記文學名揚於世，被譽為二十世紀最著名的傳記文學大師。莫洛亞所著的傳記，人物生動，情節有趣，富有小說情趣。在傳記寫法上，有過革新之功。

┃悅讀分享┃

在二十世紀的法國文壇上，短篇小說的藝術探索保持著繁富多姿的景氣，尤其是安德列‧莫洛亞、馬歇爾‧埃梅（Marcel Aymé）與莫里斯‧布朗肖（Maurice Blanchot）這三位將世態人心展現得唯妙唯肖的短篇小說名家，更是對短篇小說在二十世紀法國文壇上藝術生命的延續與張揚做出了十分突出的貢獻。其中的安德列‧莫洛亞是法國近代文化名人。他的短篇大多寫得精粹，行文俏皮，幽默風趣。〈大師的由來〉就是這樣一篇作品：畫家比埃‧杜什先是懷才不遇，後在朋友的建議下，捨藝術正途而走偏鋒，獲得巨大的世俗成功，並且拋棄原來純正的藝術觀念而變成裝模作樣的所謂先鋒藝術家。作品構思巧妙，通過比埃‧杜什前後藝術態度轉變的對比，以及對那些不懂藝術卻附庸風雅人士的描繪，深刻地批判了世俗社會裡藝術的墮落和淺薄無知的藝術氛圍。主題深刻，作品的藝術性和思想性都非常高。

海德格博士的試驗

〔美國〕 納旦尼爾·霍桑

　　一天下午，海德格博士邀請他的四個老朋友來到書房。這四個人，三男一女，都是風燭殘年的老人了，但是，他們都曾有過春風得意的時光。米迪先生曾是商界叱吒風雲的人物；基利上校則出身名門，年輕時儀表堂堂，是眾多女性傾心的對象；加斯科先生也顯赫一時，擔任過一市之長；而懷徹麗女士曾有過可以征服所有男人的絕世美貌，事實上，這三個男人都曾為她瘋狂，甚至想揮刀斃了情敵。然而，時光流逝，造化弄人，他們都因種種的原因，失去了往日的榮耀。幸好他們年紀大了，心態平和了，想到從前官場上的明爭暗鬥、情場上的爭風吃醋、商場上的爾虞我詐，都能夠淡然一笑，權當遊戲一場。

　　「我親愛的朋友們，」海德格博士招呼他們坐下後說，「我請你們來，是想讓你們幫我完成一次試驗。」

　　四位客人默默地聽著，他們信任海德格博士，而且這

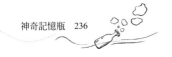

也可以打發他們寂寞的時光。

海德格博士翻開一本書，取出一枝夾在書中的玫瑰。嚴格地說，是一個曾經是玫瑰的東西。

「這枝玫瑰，」海德格博士說，「是我老伴在五十五年前送給我的。現在，如果我告訴你們，我可以將這枝已經經歷了半個多世紀的玫瑰重新變得新嫩芳香，你們信嗎？」

「怎麼可能！」懷徹麗女士搖頭說。

「請看好。」海德格博士說著，將這枝枯萎的玫瑰放進一個盛著水的玻璃缸裡。起初，玫瑰只是表面有些舒展，但是很快變化就明顯了，花瓣嬌嫩爛漫起來，枝葉也吐盈翠綠，整枝花兒看上去有如初綻放般的豔麗。

「博士，」四位客人問道，「你不會是給我們變魔術吧？」

「你們聽說過『青春泉』嗎？」海德格博士說，「三百年前，西班牙的一個探險家曾經試圖找到它，但未能如願，因為他沒有找對地方。這個泉在佛羅里達的南部。這玻璃缸裡正是我的一個朋友為我帶來的泉水。」

「如果是這樣，」基利上校問，「這種泉水對人體會有什麼影響？」

「這就得你們自己試一試了。」海德格博士說，「我聽說這個泉水對人同樣有效，但我從未親身試驗。如果你們有興趣，可以喝一點感覺一下。」

四個客人說，反正他們都是快入土的人了，就算泉水對身體有害，也沒什麼好怕的。他們要求博士給他們每人倒一杯。

「但是，三位先生最好跟我簽一個協議，保證我不須承擔你們變年輕後發生相互打鬥導致傷亡的後果。畢竟，你們五十多年前可是爭得你死我活的情敵呀！」海德格博士看了一眼懷徹麗女士聲明道。

四個老人都笑了起來。「我們沒有這個必要，」他們說，「經歷了這麼多年，早就超脫了，不會再做那種傻事了。」

他們飲盡杯中的泉水。果然，喝了泉水後，四個老人就像枯萎的玫瑰一樣發生了變化，他們顯得英姿勃發，渾身閃放出青春的光輝和充沛的精力。尤其是懷徹麗女士，她容光煥發，神采飛揚，儘管一身素裝，也難擋奪人心魂的美麗。

「再給我們喝一點！」他們興奮地嚷道：「快，再給我們喝一點！」

「不要著急，不要著急。」海德格博士說，「你們變老的過程都經歷了半個多世紀，現在難道連半個小時也不能等嗎？」

海德格博士說完又給他們每人倒了一杯泉水。四個人迫不及待地一口氣將泉水喝光。這一次，他們完全成了四個年輕人，除了手上的枴杖和身上的衣著，毫無一絲老人的跡象。

「親愛的懷徹麗，你真是太迷人了！」基利上校含情脈脈地看著懷徹麗女士說。

懷徹麗女士走到一面穿衣鏡前，鏡子裡的映像讓她喜出望外，她真的沒有想到自己還能如從前一樣明豔動人，風姿綽約。

「我們又年輕了！我們又年輕了！」他們歡樂地又蹦又跳。

他們大聲地相互開起玩笑，嘲笑對方的衣著，學半小時前他們走進海德格博士書房時那種老態龍鍾的樣子。他們覺得自己戴老花眼鏡、拄枴杖的模樣實在是很滑稽。

「親愛的博士，你這個可愛的老傢伙，」懷徹麗女士跳到一張椅子上，快活地說道，「你能賞光和我跳支舞嗎？」這四個年輕人隨後大聲笑了起來，他們想到一個行

動遲緩的老頭和一個如花似玉的姑娘跳舞會是什麼樣子。

「對不起，」海德格博士說，「我兩眼昏花，舉步維艱，怕是無法跟你跳舞了。不過，這裡有三個小伙子，隨便哪一個都是不錯的舞伴。」

「我來和你跳，懷徹麗！」基利上校首先喊了起來。

「不行，我才是她最好的舞伴！」加斯科大聲抗議。

「五十年前她曾答應要嫁給我！」米迪也不甘示弱。

三個小伙子都圍在懷徹麗女士的身邊。一個拉著她的手，一個摟著她的肩，還有一個撫摸著她的秀髮。這時，天已黑了下來，但是三個人都能清楚地看到對方眼神中的狠勁，預示著他們隨時準備發出攻勢，擊退情敵。事實上，他們已經推搡起來，屋裡的桌椅紛紛傾翻，連那個盛著青春泉水的玻璃缸也落在地上破碎了，寶貴的泉水都流出來了。

四個客人怔住了。海德格博士擰亮了燈。他們看到海德格博士小心翼翼地從玻璃碎片撿起那枝玫瑰花。「哦，我的玫瑰花，」他把玫瑰花放在脣邊喃喃地說，「你又得恢復枯萎的模樣了！」

真的，玫瑰花在他們面前由鮮豔變得凋謝，回復它放入玻璃缸前的狀態。

　　四位客人不由得渾身顫抖起來。難道這是一場夢？生命的過程在短瞬間大起大伏？轉眼，在海德格博士身邊的，又是四個同樣老邁的老人了。

　　「是的，我的朋友們，」海德格博士說，「這種泉水恢復青春的效果只能持續短暫的時光，你們又成了老人！不過，謝謝你們，你們讓我通過這次實驗得出一個結論：人在無奈的時候，往往會表現出超然與豁達，一旦有了條件，再清醒的人也會掉入人間的幻景中不能自拔啊！」

| 作者簡介 |

納旦尼爾・霍桑（Nathaniel Hawthorne, 1804-1864），美國心理分析小說的開創者，也是美國文學史上首位寫作短篇小說的作家，被稱為美國十九世紀最偉大的浪漫主義小說家。

┃悅讀分享┃

　　這篇作品是改寫本，原來的文字超過兩倍多，發表於1860 年 9 月。文後附帶短短的聲明，否認是剽竊大仲馬某篇小說，因爲這篇故事在二十多年前已經完成。有趣的是，英國作家史蒂文森 (Robert Stevenson) 的著名小說《化身博士》(The Strange Case of Dr.Jekyll and Mr. Hyde, 1886) 就有它的影子。文學中的互文現像是無法避免的。

　　追求青春不老是人類永遠的夢想，卻一直無法達成。文中的青春泉之說至今仍然是種幻想。

復甦

〔美國〕 詹妮·普來塔

　　格雷姆·克拉根頭痛得要命，他就快死了。年輕醫生說的話好不容易才傳進他那矇矓的意識中。

　　「……既然問題您已經考慮過了，克拉根先生，我們歡迎您的決定。隨著醫學的發展，將來某個時候，人們必定能學會治好包括骨髓癌等等的疾病。您留下的錢，我們將用於對您的冷凍、復甦和治療。您現在是五十歲，屆時您將重新獲得生命……」

　　當夜，格雷姆·克拉根就與世長辭了。他的屍體被裝入密封箱，安放到由液氮控溫的冷凍墓室。一放，就一直放到醫生登記的日子。

　　……他在做夢，夢見他在溫暖的海洋裡游泳。夢在慢慢地消失，蔚藍色的海水閃閃發光，漸漸地海水變成了霧。他還不想醒來，但霧變得越來越冷，他終於睜開了雙眼。格雷姆·克拉根看到的是一間病房。房間裡有許多設備和

各種儀器，儀器上閃爍著各種顏色的指示燈。床旁一把椅子上坐著一位年逾古稀的老人。

「哈囉！」老人率先打招呼。看上去他有八十歲了吧，蒼白的頭髮稀稀疏疏，臉上布滿了皺紋。

「您好！」克拉根回應了一聲，覺得老人有點面熟，定睛一看，隨即大叫起來，「醫生！是您嗎？」

「一點也沒錯，克拉根先生，您的記憶滿不錯嘛！」

「咦？那是什麼？您戴耳環嗎？」

「這不是耳環，是接收器——帶在耳垂上的收音機。」

「做什麼用的？」

「我用來收聽無線電節目，立體聲的。」

「這收音機怎麼開呢？」

「我只要彈一下舌頭就開了。……今天天氣真好！」

克拉根望向窗外。

「不錯，似乎不錯。莫非，天氣也可以制定？」

「只試過一段時間，後來就沒再試了。」

「嗯。」

突然窗玻璃一震，整片粉碎卻又立刻消失無蹤，房間顯得比先前更亮一些。

「這是幹麼？在打仗？」

「戰爭早就結束了，那是換新窗子。現在的玻璃不用擦洗，窗子髒了，換一塊新的就行了。」

果然，從窗框下方自動伸出一塊新玻璃代替原先的髒玻璃。

「現在是哪一年了？」

「二〇五二年。」

「那麼說，我在冷凍墓室裡已有很長的時間了……。哎，我的情況怎樣，您清楚嗎？」克拉根繼續發問，「我的錢還夠用吧？」

「都沒有啦！全都花在您身上，花在您所說的『冷凍』上了。您的曾孫都不願為您支付費用，最後十年全是我為您墊著。您的復甦費用也是我支付的。」

「噢，那就太感謝您哪，……醫生，請原諒我忘記您的大名了。」

「阿比斯醫生。」

「對對，阿比斯。我十二萬分感謝您。等我開業賺了錢，就還您……」

「這我不懷疑……我知道您會還的……」

「謝謝您的信任。醫生，那我的骨髓癌怎麼辦呢？能治嗎？」

「那當然。注射一個療程就沒事了。」

「往腦裡注射？」

「哪裡話？是肌肉注射。」

「哈哈，就這麼簡單……那麼說您們已經幫我治好了？」

「還來不及呢……」

「其實，我現在頭已經不痛了。」這位才剛解凍、復甦的病人用手肘撐著，微微抬起身子，但頭依舊顫抖不已。

老醫生突然面露焦慮神色。

「克拉根先生，請您，……千萬別激動。在……心臟移植手術……之前，您需要絕對的平靜。」

「什麼，什麼？心臟移植？」克拉根大驚失色，一頭倒在枕頭上，「這麼說，我的心臟也不行啦？」

醫生搖了搖頭，緊緊地摀住胸口，緩緩站起來，轉過身。

「不是您的，而是我的。」

| 作者簡介 |

詹妮‧普來塔，美國人，生平不詳。

┃悦讀分享┃

　　自古以來，人們不斷的尋覓長壽之道，將屍體冷凍是人類想像的方法之一，究竟是否可行，一般人不得而知，但依據常理推斷，相信一定有些科學家和醫生在進行中。這篇作品的作者試圖臆測未來，但以小說寫法寫成，預測治療成效的未來，也預測行醫者的可能未來。文中的年輕醫師遵從得了骨髓癌的格雷姆・克拉根的吩咐，將他冷凍。等他解凍復甦，發現周遭的一切都起了重大的變化，物質方面的進步是必然的，醫療方面也突飛猛進。冷凍者的曾孫不願支付醫療費用，連他的復甦費用也全由垂垂老矣的醫生來支付，當然感慨萬千。

　　當剛剛解凍、復甦的人微微抬起身子，已經接近八十的老醫生勸他在他心臟移植前，不要激動時，讀者才發現，需要此手術的不是解凍人，而是醫生本人。

　　同樣是意料之外的結局，讀者思考的空間卻無限放大。冷凍屍體合乎人性嗎？是有錢人的特權嗎？人口會激增嗎？……

金星人的挫折

〔美國〕　阿‧布克華德

　　上星期，金星上一片歡騰──科學家們成功地向地球發射了一顆衛星！眼看這顆衛星停留在一個名叫紐約市的地區的上空，正向金星發回照片的信號。

　　由於地球上空天氣晴朗，科學家們便有可能獲得不少珍貴資料。載人飛船登上地球究竟能否實現？他們期待對這個重大問題取得某些突破。在金星科技大學裡，正在進行一場記者招待會。

　　「我們已經能得出這個結論，」紹格教授說：「地球上是沒有生命存在的。」

　　「何以見得？」《晚星報》記者彬彬有禮地詢問。

　　「首先，紐約市的地面都由一種堅硬無比的混凝土覆蓋著，也就是說，那裡是連植物都無法生長的地方；第二，地球的大氣中充滿了一氧化碳和其他種種有害的氣體，如果說人類還能在地球上呼吸、生存，那簡直太不可思議

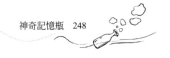

了！」

「教授，您說的這些和我們金星人的太空計畫有什麼關係？」

「從這些資訊，代表我們的飛船要去地球的時候，還得自備氧氣，這樣，我們的飛船將不得不增加許多重量。」

「那兒還有什麼其他危險因素嗎？」

「請看這張照片——可看到一條像細線般的河流，但衛星已發現，那河水根本不能飲用。所以，我們都得自備飲用水呢！」

「請問，照片上的這些黑色微粒，又是什麼東西呢？」

「對此我們還不能肯定。也許是些金屬顆粒，它們沿著固定軌跡移動，並能噴出氣體、發出噪音，還會互相碰撞。它們的數量大得驚人，毫無疑問，我們的飛船會被它們撞壞的！」

「如果您說的都沒錯，那麼這是否意味著：我們將不得不推遲數年，來實現我們原來的飛船計畫？」

「說對了。不過，只要我們能領到補助金，我們會馬上展開行動的。」

「請問教授，為什麼我們金星人要耗費數十億格勒思（金星的貨幣單位）向地球發射載人飛船呢？」

「我們的目的是，如果我們都能學會呼吸地球上的空氣時，相信我們想去宇宙的任何地方，都會平安無事了！」

| 作者簡介 |

阿・布克華德，美國人，生平不詳。

| 悅讀分享 |

　　本文藉虛構的「金星人」之口，主要談地球的空氣汙染與水源汙染。由於金星人不能適應地球的惡劣環境，不得不推遲數年來實現其原來的飛船計畫。全文的寫作目的在於揭示地球汙染問題的嚴重性，從而警醒人們好好愛護我們這個地球家園。

國家圖書館出版品預行編目資料

神奇記憶瓶：世界文學名作選 / 張子樟編譯.
-- 初版. -- 臺北市：幼獅, 2018.11
面； 公分. --(散文館；37)

ISBN 978-986-449-129-2(平裝)

815.93   107016037

· 散文館037 ·

神奇記憶瓶——世界文學名作選

編　　譯＝張子樟
封面設計＝張靖梅
出 版 者＝幼獅文化事業股份有限公司
發 行 人＝李鍾桂
總 經 理＝王華金
總 編 輯＝林碧琪
主　　編＝沈怡汝
美術編輯＝李祥銘
總 公 司＝(10045)臺北市重慶南路1段66-1號3樓
電　　話＝(02)2311-2832
傳　　真＝(02)2311-5368
郵政劃撥＝00033368

印　　刷＝祥新印刷股份有限公司　　幼獅樂讀網
定　　價＝250元　　　　　　　　　http://www.youth.com.tw
港　　幣＝83元　　　　　　　　　幼獅購物網
初　　版＝2018.11　　　　　　　　http://shopping.youth.com.tw
二　　刷＝2021.07　　　　　　　　e-mail:customer@youth.com.tw
書　　號＝986287